面向应用型高校"十二五"规划教材·计算机基础课程

计算机应用基础实验指导

胡声丹　钱智钧　主编

时书剑　陈佳雯　何向武　崔霞　朱怀中　陶虹平　副主编

陆慰民　主审

电子工业出版社·

Publishing House of Electronics Industry

北京·BEIJING

内 容 简 介

本书是与黄荣保主编的《计算机应用基础》配套的上机实验教材，结合了应用型高校培养应用型人才制定的教学目标。全书分为两部分和一个附录：第一部分为实验指导，按照功能设计了 22 个实验；第二部分为基础知识，根据教学目标综合为 6 个模块，每个模块都采用测试形式，供学生在完成实验后巩固和提升所学知识；附录为操作模拟题，包含了实验指导中所涉及的软件操作，便于学生对所学知识融会贯通。

本书取材丰富、实用，内容深入浅出，形式简单明了，适合作为高等学校学生的教材，也可作为具有一定操作技能和使用经验的计算机应用人员参考用书。

图书在版编目（CIP）数据

计算机应用基础实验指导/胡声丹，钱智钧主编 . —北京：电子工业出版社，2011.8
面向应用型高校"十二五"规划教材·计算机基础课程
ISBN 978-7-121-14013-6
I. ①计… II. ①胡… ②钱… III. ①电子计算机－高等学校－教学参考资料 IV. ①TP3
中国版本图书馆 CIP 数据核字（2011）第 132437 号

策划编辑：谭海平
责任编辑：张 京　　文字编辑：韩奇桅
印　　刷：北京季蜂印刷有限公司
装　　订：三河市鹏成印业有限公司
出版发行：电子工业出版社
　　　　　北京市海淀区万寿路 173 信箱　邮编　100036
开　　本：787×1 092　1/16　印张：11.25　字数：288 千字
印　　次：2011 年 8 月第 1 次印刷
定　　价：20.00 元

凡所购买电子工业出版社图书有缺损问题，请向购买书店调换。若书店售缺，请与本社发行部联系，联系及邮购电话：(010) 88254888。

质量投诉请发邮件至 zlts@phei.com.cn，盗版侵权举报请发邮件至 dbqq@phei.com.cn。

服务热线：(010) 88258888。

前　言

本书是与黄荣保主编的《计算机应用基础》配套的上机实验教材，结合了应用型高校培养应用型人才制定的教学目标。全书分为两部分和一个附录：第一部分为实验指导，第二部分为基础知识，附录为操作模拟题。

在实验指导中，按功能分为计算机组装、Windows 操作、Office、多媒体、网页设计、网络应用和数据库技术基础 7 类，共 22 个实验。其中计算机组装、PowerPoint 演示文稿、网络基础、信息浏览与下载和电子邮件实验各 1 个；Windows 操作、Word 文字处理、Excel 电子表格、Photoshop 操作和 Flash 操作实验各 2 个；网页设计实验 4 个、数据库技术基础实验 3 个。为了便于学生独立完成实验，每个实验先给出一定数量的范例，覆盖教学目标涉及的知识点，然后再给出实验要求。

基础知识部分根据教学目标综合为 6 个模块，分别是计算机基础、Windows 和 Office、多媒体基础、计算机网络、网页设计和数据库技术基础。每个模块都采用测试形式，供学生在完成实验后巩固和提升所学的知识，每个模块都提供参考答案。

附录的模拟题包含了实验指导中所涉及的软件操作，便于学生对所学知识融会贯通。

本书以 Windows XP 为操作平台，涉及的应用软件有：Office 2003、Photoshop CS3、Flash CS3、Dreamweaver CS3、CoolEdit 2、Premiere CS3 等，实验中以软件的基本功能为主，尽可能减少与版本的相关性。在实施实验环节时，可根据实际的实验环境、学时、学生的具体情况等因素对实训进行适当调整，以提高教学效率和质量。

参加本套教材策划和编写的人员是来自上海师范大学天华学院、同济大学浙江学院、上海海事大学等学校第一线的教师。本书主编为胡声丹、钱智钧。具体人员有时书剑、陈佳雯、何向武、崔霞、朱怀中、陶虹平，陆愍民教授审阅了本书；电子工业出版社的领导和编辑对本书的出版给予了大力的支持和帮助，在此表示衷心感谢。

为了适应教学的需要，我们制作了与教材配套的实验素材和样例。使用本书的学校如果需要，可与作者联系。联系邮件地址为 shi_shujian@126.com 或 hushengdan@yahoo.com.cn。

"一切为了教学，一切为了学生"是我们的心愿，对于书中不足之处，恳请教师和同学们指正。

编　者

目 录

第一部分 实 验 指 导

第二部分 基 础 知 识

第 一 部 分

实 验 指 导

实验 1　微型计算机组装

一、实验目的

1. 了解微型计算机的基本硬件组成。
2. 了解微型计算机主要配件及其性能参数。
3. 了解微型计算机的组装过程。

二、实验范例

1. 组装个人计算机需要购买的配件及其主要性能参数。

（1）**主板**　包含计算机系统主要组件的电路板。

芯片组是主板的核心所在，其优劣对主板性能有决定性作用。目前市面上主要的主板芯片组厂商有 Intel、AMD、NVIDIA 等。

集成主板一般集成了声卡、网卡，甚至显卡等配件，是低端市场的主流产品。

（2）**CPU**　负责计算机系统运行的核心硬件。

CPU 的性能指标直接决定微型计算机的性能指标，CPU 的主要选购性能参数是主频，通常主频越高，CPU 的速度越快。

市面上的 CPU 有散装和盒装之分，它们在性能、稳定性和可超频方面不存在任何差距，但在质保期及是否附带原装散热风扇方面有所区别。一般而言，盒装 CPU 的保修期通常为 3 年，而且附送一只质量较好的原装散热风扇；散装 CPU 的保修期只有一年，并且不带散热风扇。

（3）**内存**　存储数据的硬件，关闭电源后数据会丢失。

内存条的主要选购性能参数是存储容量和存取速度，目前市面上的内存产品以 DDR2 和 DDR3 为主，传输速度比传统的 SDRAM 快。

挑选内存条时，在追求大容量、高频率的同时，还要注意内存的工作频率与 CPU 的前端总线频率要保持匹配。在升级内存时要注意选择规格相近、兼容性相对较好的内存。

（4）**显卡**　控制计算机的图像输出。

有些计算机将显卡集成到主板上，显卡的主要选购性能参数是显卡芯片的容量和速度等。目前设计、制造显示芯片的厂家有 NVIDIA、ATI、SIS、VIA 等公司。

（5）**硬盘**　最常用的存储设备。

硬盘的主要选购性能参数是硬盘容量、硬盘转速和缓存容量。目前市面上主要的硬盘厂家有希捷、西部数据、日立、三星等。

（6）**光驱**　读取光盘数据的设备。

光驱的主要选购性能参数是读取速度、接口类型和机芯。目前市面上主要的光驱品牌有先锋、三星、LG、索尼等。

（7）**机箱** 安装计算机的各种硬件的外壳，一般配有电源。

机箱的主要选购性能参数是的机箱材质、可扩展性、防尘性、散热性等。目前市面上常见的机箱品牌有金河田、华硕等。

（8）**显示器** 计算机的显示输出设备，一般是液晶显示器。

显示器的主要选购性能参数是尺寸、信号响应时间、亮度等。目前市面上常见的显示器品牌有三星、LG、飞利浦、长城等。

（9）**键盘和鼠标** 最常用的输入设备。

现在常见的键盘品牌有罗技、戴尔、微软、技嘉等，鼠标品牌有罗技、双飞燕、雷柏等。

2．组装个人计算机的步骤。

计算机配件购买齐全后，参阅主板说明书组装计算机，基本步骤如下：

（1）安装 CPU 处理器。注意在安装时，处理器上印有三角标志的角要与主板上印有三角标志的角对齐。

（2）安装散热器。安装散热器前，如果散热器底部没有硅脂，要先在 CPU 表面均匀地涂上一层导热硅脂。

（3）安装内存条。先将内存插槽两端的扣具打开，然后将内存平行放入内存插槽中，安装时注意使内存与插槽上的缺口对应，用拇指按住内存两端轻微向下压，听到"啪"的一声响后，即说明内存安装到位。在相同颜色的内存插槽中插入两条规格相同的内存时，可以打开双通道功能，提高系统性能。

（4）将主板固定到机箱中。先将机箱提供的主板垫脚螺母安放到机箱主板托架的对应位置，将主板放入机箱中后拧紧螺钉，固定好主板。

（5）安装硬盘。将硬盘固定在机箱的 3.5 寸硬盘托架上并拧紧螺钉即可，若使用可折卸的 3.5 寸机箱托架，硬盘安装起来更方便。

（6）安装光驱、电源。安装光驱的方法与安装硬盘的方法大致相同，将机箱 5.25 寸的托架前的面板拆除，并将光驱放入对应的位置，拧紧螺钉即可。

（7）安装显卡，并接好各种线缆。将显卡垂直对准主板上的显卡插槽，向下轻压到位后，再用螺钉固定即完成了显卡的安装。

三、实训

1．调查当前的个人计算机市场，按下列格式列出适合自己的计算机配置清单。

配　件	型　号	价　格
CPU		
主板		
内存		
硬盘		
光驱		
显卡		

（续表）

配　件	型　号	价　格
显示器		
机箱		
声卡		
网卡		
音箱		
电源		
键盘		
鼠标		
合计		

2．到计算机商城了解组装一台个人计算机的实际过程。

实验 2　Windows 操作一

一、实验目的

1. 掌握 Windows XP 桌面的基本操作。
2. 掌握 Windows XP 中资源管理器的操作使用。
3. 掌握 Windows XP 中文件夹的基本操作。
4. 掌握 Windows XP 中的查找功能。
5. 掌握 Windows XP 中快捷方式和帮助系统的应用。

二、实验范例

1. 按要求设置桌面主题和任务栏。

（1）设置桌面背景图为拉伸位置的"Home"，桌面背景色为白色。

（2）设置屏幕保护程序为"宋体、48 磅、紫红色、居中位置、慢速移动"的字幕"好好学习、天天向上"，屏保时间设为 15 分钟。

（3）将屏幕分辨率更改为 1 024×768。

（4）改变任务栏高度并移动任务栏到屏幕的左、上、右边缘。

（5）取消任务栏上的快速启动工具栏和时钟显示。

（6）设置系统日期和时间为当前的准确时间。

分析：

Windows XP 的桌面主题包含风格、壁纸、屏保、鼠标指针、系统声音事件、图标等，是 Windows XP 提供的特有界面，其美观、便捷的特点满足了人们对桌面单调性的视觉延伸。

任务栏是位于桌面最下方的小长条，主要由开始菜单、快速启动工具栏、任务按钮区和通知区域组成。

操作步骤：

（1）鼠标右键单击桌面，在弹出的快捷菜单中选择"属性"命令，在"显示 属性"对话框的"桌面"选项卡下设置"背景"为"Home"，"位置"为"居中"，"颜色"为"白色"，如图 2-1 所示。

（2）在"屏幕保护程序"选项卡下设置"屏幕保护程序"为"字幕"，"等待"为 15 分钟。单击"设置"按钮设置字幕的位置、文字和文字格式等，并调整速度为慢，如图 2-2 所示。

（3）在"设置"选项卡下设置屏幕分辨率为 1 024×768 像素，如图 2-3 所示。

（4）右键单击任务栏空白处，取消"锁定任务栏"的选择。将鼠标指针移到任务栏顶部边缘，鼠标指针变成双箭头后向上拖曳可改变任务栏高度。用鼠标顺时针或逆时针拖曳任务栏至屏幕的边缘可改变任务栏的位置。

（5）右键单击任务栏空白处，在弹出的快捷菜单中选择"属性"命令，打开"任务栏和「开始」菜单属性"对话框，如图 2-4 所示。在"任务栏"选项卡下可以选择隐藏任务栏、分组相似任务栏按钮、显示时钟等复选框。

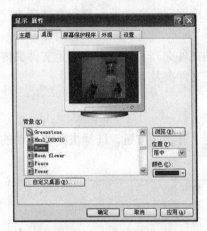

图 2-1　"桌面"选项卡

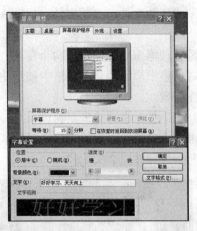

图 2-2　"屏幕保护程序"选项卡

图 2-3　"设置"选项卡

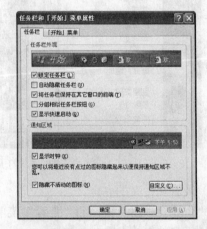

图 2-4　"任务栏和「开始」菜单属性"对话框

（6）恢复任务栏通知区域的时钟显示，双击时钟区打开"日期和时间 属性"对话框，如图 2-5 所示，在"时间和日期"选项卡中调整系统时间。

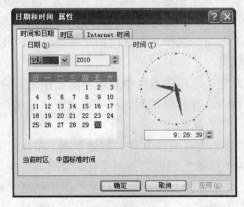

图 2-5　"日期和时间 属性"对话框

2. 打开资源管理器，设置文件（夹）不同的显示方式。

分析：

资源管理器是用来组织和操作文件和文件夹的工具软件。通过使用资源管理器可以非常方便地完成移动文件、复制文件、启动应用程序、连接网络驱动器、打印文档和维护磁盘等工作。

资源管理器窗口分为左右两个窗格，左窗格是文件夹列表框，右窗格是文件夹内容列表框，在右窗格中显示的是左窗格中被选中内容的子文件夹及有关文件信息。

操作步骤：

（1）快速打开资源管理器窗口。

右键单击桌面上"我的电脑"图标或任务栏的"开始"按钮，选择快捷菜单中的"资源管理器"命令，如图 2-6 所示。

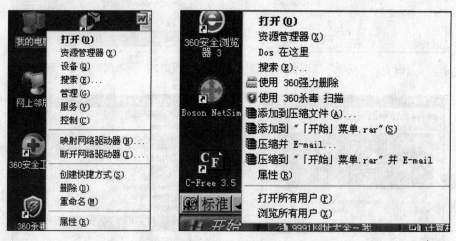

图 2-6　打开资源管理器的方法

（2）查看文件夹的内容。

在"资源管理器"窗口的"查看"菜单下选择以缩略图、平铺、图标、列表和详细信息的方式显示文件夹的内容。

（3）查看隐藏文件（夹）。

文件（夹）具备的基本属性有系统、只读、隐藏、存档，文件扩展名反映出文件的分类。在默认情况下，资源管理器不显示系统和隐藏文件（夹），也不显示文件扩展名。要显示隐藏文件（夹）或文件扩展名，执行"工具|文件夹选项"命令，在"查看"选项卡中选择"隐藏文件或文件夹"的两个单选项；选择"隐藏已知文件类型的扩展名"复选框。

（4）查看文件（夹）数量。

勾选"查看|状态栏"命令，可在状态栏中显示当前文件夹下的子文件夹及文件数量。利用"查看|选择详细信息"命令，在打开的对话框中可设置信息的显示格式，如图 2-7 所示。

（5）查看与设置文件（夹）属性。

选中"资源管理器"中某一文件夹或文件并右键单击，在弹出的快捷菜单中选择"属性"命令，如图 2-8 所示，设置"隐藏"属性后观察文件与文件夹的显示状态。

3. 在 C:\下创建如图 2-9 所示的文件夹结构及文件，并按要求对文件、文件夹进行复制、移动、删除、改名、压缩等操作。

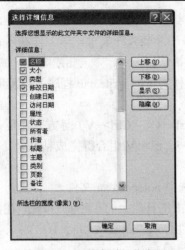

图 2-7　文件夹详细信息　　　　　　图 2-8　文件夹属性

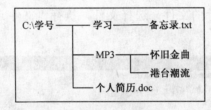

图 2-9　文档结构图

分析：

计算机中的所有资源都是以文件形式组织存放的，文件被放置在文件夹或磁盘中以便于管理。Windows XP 主要通过资源管理器实现对文件和文件夹的管理和维护，利用资源管理器可以方便地对文件及文件夹进行新建、复制、移动、删除等操作。

操作步骤：

（1）创建文件夹。

打开"资源管理器"，定位到 C:\。右键单击资源管理器右窗格的空白处，在弹出的快捷菜单中选择"新建|文件夹"命令，出现"新建文件夹"图标，直接输入自己的学号并按回车键。用同样方式建立图 2-9 中所要求的一组文件夹，注意子文件夹所在的位置。

（2）创建文件。

定位到学习文件夹，右键单击资源管理器右窗格的空白处，在弹出的快捷菜单中选择"新建|文本文档"命令，输入文件名称"备忘录"。用同样方式在学号目录下建立"个人简历.doc"文件。

【注意】对文件名称进行修改，可通过单击文件两次，或右键单击文件，在弹出的快捷菜单中选择"重命名"命令，或选中文件按"F2"键等方式。

（3）利用鼠标进行文件和文件夹的复制和移动。

① 将"个人简历.doc"文件移动到"\学号\学习"文件夹下，选择文件，直接拖曳到目标文件夹中。

② 选择 C:\WINDOWS\System32 文件夹下的 freecell.exe 和 notepad.exe 文件，同时按下 <Ctrl>键，移动鼠标拖曳到"\学号\学习"文件夹下，即完成复制。

【注意】选择若干个连续文件配合<Shift>键，选择不连续的文件配合<Ctrl>键。若文件在同盘的不同文件夹间移动，单击目标拖曳到左窗格的目标文件夹中；若文件在同盘的不同文件夹间复制，先按<Ctrl>键不放，再做上述移动的操作。

（4）利用剪贴板将 C:\WINDOWS\System32 文件夹下的 write.exe 程序文件复制到"\学号\学习"文件夹下。

可通过快捷菜单、"编辑"菜单、快捷键（<Ctrl>+C、<Ctrl>+V）等方式实现，最方便的方法是先选中文件，用<Ctrl>+C 组合键完成复制，<Ctrl>+V 组合键完成粘贴。

（5）文件和文件夹的删除与恢复。

① 在资源管理器中，定位到 C:\学号\学习，选中 notepad.exe 文件。

② 按<Del>键或选择"文件|删除"命令，或单击工具栏上的"删除"按钮，在出现的"确认文件删除"对话框中选择"是"，将要删除的文件移入"回收站"。

【注意】请不要删除系统文件，否则将导致系统瘫痪。

③ 通过桌面上的"回收站"图标或资源管理器中的"回收站"图标打开回收站，如图 2-10 所示，能看到被删除的文件，选择文件，执行"文件|还原"命令，可恢复被删除的文件。

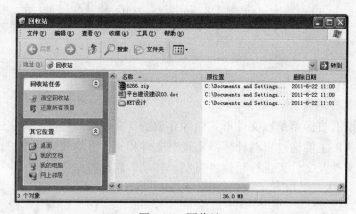

图 2-10　回收站

【注意】删除文件时若按<Shift>键，在出现"确认文件删除"对话框时选择"是"按钮，则将彻底删除这些文件，而不将文件放入回收站内。

（6）将"\学号\学习"文件夹压缩为"学习资料.rar"文件存放在桌面上。

① 在资源管理器中选中学习文件夹，在"文件"菜单或快捷菜单上选择"添加到压缩文件"，如图 2-11(a)所示。若选择"添加到 学习.rar"，则直接将"学习"文件夹压缩在当前文件夹内。

② 在弹出的"压缩文件名和参数"对话框中，通过"浏览"按钮指定目标文件夹，输入目标压缩文件名称 "C:\Documents and Settings\Administrator\桌面\学习资料.rar"（包含文件夹和文件名），如图 2-11(b)所示。若选择默认名称，则压缩文件生成在当前文件夹下。

③ 单击"确定"按钮开始压缩。压缩期间，将显示压缩进程状况，如图 2-11(c)所示。

【注意】在对话框中还可以选择新建压缩文件的格式（RAR 或 ZIP）、压缩级别、分卷大小和压缩选项等，详细内容可参考"帮助"中的"压缩文件名和参数对话框"主题。如果该对话框中"压缩文件名"指定的是已经存在的 RAR 文件，则选定的文件将被添加到该 RAR 文件中。

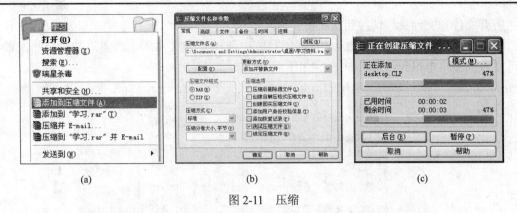

图 2-11　压缩

（7）将桌面上"学习资料.rar"中的"notepad.exe"文件解压到桌面上。

① 双击"学习资料.rar"，压缩文件在 WinRaR 程序窗口中打开并显示内容，如图 2-12(a) 所示。

② 选择要解压的文件"notepad.exe"后，单击"解压到"按钮或使用<Alt>+E 组合键，如图 2-12(b)所示，在弹出的对话框中输入目标文件夹，单击"确定"按钮开始解压。

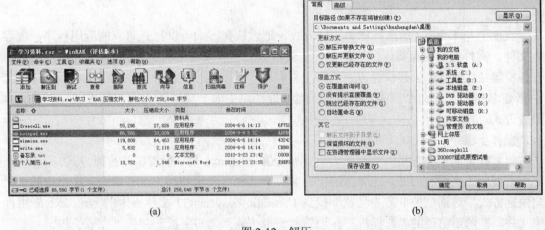

图 2-12　解压

【注意】可以通过鼠标左、右键拖曳一个或多个压缩文件，将它们放到目标文件夹中，由"复制"、"移动"实现解压过程。

（8）打开"\学号\学习"文件夹下的所有文件，按住<Alt>键，然后连续按<Tab>键设置当前活动窗口；或按住<Alt>键，然后连续按<Esc>键切换当前活动窗口。

4. 在 C:\中查找文件名由四个字母组成，且第二个字母为 u 的文本文件（若找到多个文件，取第一个），并将该文件以文件名 qq.txt 复制到"C:\学号\学习\"文件夹中。

分析：

对于名称或位置不明确的文件，可以利用 Windows XP 的"搜索"功能帮助查找。对于不确定的文件或文件夹名称可以使用通配符"?"代替任何一个字符，用"*"代替任意多个字符。

操作步骤：

① 选择"开始|搜索|文件或文件夹"打开"搜索结果"窗口，在"您要找什么？"中单

击"所有文件和文件夹"切换到搜索条件输入窗口。

②　在文件名中输入：?u??.txt，在搜索范围中选择 C 盘，单击"搜索"按钮开始搜索，即可在右侧窗格中得到结果，如图 2-13 所示。

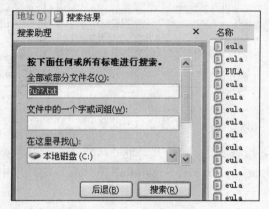

图 2-13　　设置搜索条件

③　选中右窗格的第一个文件，将其复制到"C:\学号\学习\"下，并修改文件名为 qq.txt。

5．创建快捷方式。

分析：

桌面上左下角有▣的图标称为快捷方式，通过快捷方式可以打开对应的应用程序。也可为文件、文件夹、磁盘等创建快捷方式，快捷方式可放置在桌面、文件夹、"开始"菜单、任务栏等任意位置。创建快捷方式的方法有多种，可以通过鼠标直接拖曳，也可以通过"文件|新建|快捷方式"命令创建，还可以通过快捷菜单中的"发送到|桌面快捷方式"创建桌面快捷方式。

操作步骤：

（1）在桌面上创建指向 C:\windows\system32\write.exe 写字板程序的快捷方式。

右键单击桌面空白处，在弹出的快捷菜单中选择"新建|快捷方式"命令，在出现的"创建快捷方式"对话框中单击"浏览"找到 C:\windows\system32 文件夹中的 write.exe 应用程序文件，在随后出现的"选择程序标题"对话框中输入"写字板"并按"完成"按钮。

（2）在"C:\学号\学习\"下创建名为"MSP"的快捷方式，该快捷方式命令指向"MSPAINT.EXE"（画图）文件。

搜索 MSPAINT.EXE 文件存放的位置，在"C:\学号\学习\"下新建快捷方式，在出现的"创建快捷方式"对话框中输入 MSPAINT.EXE 文件的绝对地址（包括文件夹和文件名），在随后出现的"选择程序标题"对话框中输入"MSP"并按"完成"按钮。

（3）在桌面上创建名为"学习"的快捷方式，该快捷方式指向"C:\学号\学习"文件夹。

打开资源管理器，定位到"学号"文件夹，右键单击"学习"文件夹，在弹出的快捷菜单中选择"发送到|桌面快捷方式"命令，将该快捷方式的名称改为"学习"。

三、实训

1．设置自己喜爱的桌面主题，例如用自己的照片作为窗体背景。

2．设置"开始"菜单显示方式为小图标，并删除最近访问过的文档记录。

3．利用资源管理器，查看机器上有哪些磁盘，各个磁盘的总容量、已用空间、剩余空间分别为多少。

【提示】在资源管理器中选中磁盘图标并右击，在弹出的快捷菜单中选择"属性"命令，在对话框中查看磁盘容量及使用情况。

4．利用"我的电脑"，查看 Windows XP 系统目录"C:\Windows"，显示所有文件的后缀名，按"详细信息"方式显示目录清单，并按"修改日期"降序排列目录顺序。

5．在 C 盘根目录下创建 KS 文件夹，在 C:\KS 文件夹下创建一个文件夹 SUB1，并在 SUB1 文件夹中创建名为 SUB2 的文件夹，将 SUB2 文件夹属性设置为"只读"。

6．在 C:\KS 下建立名为"Hsz"的快捷方式，该快捷方式对应的目标是桌面上的"回收站"。

【提示】打开资源管理器或"我的电脑"窗口，定位到 C:\KS 目录下，选中 Windows 桌面上的"回收站"拖到 C:\KS 下，将"回收站"改名为 Hsz；或先在桌面上选中"回收站"，通过快捷菜单创建其快捷方式，然后移动到目标位置并修改文件名。

7．在 C:\KS 下为"磁盘清理"程序创建一个快捷方式，快捷方式名为"CLEANM"，并设置 CLEANM 的快捷键为<Ctrl>+<Alt>+C，以最大化方式启动。

【提示】

（1）选中 Windows 中"开始|所有程序|附件|系统工具|磁盘清理"命令，右键单击磁盘清理命令，在弹出的快捷菜单中选择"属性"命令，在"磁盘清理属性"对话框中查看目标文件名称和路径。

（2）根据"磁盘清理"程序的绝对路径和快捷方式名称在 C:\KS 下新建快捷方式。

（3）选中新建完成的快捷文件并右击，在弹出的快捷菜单中选择"属性"命令，在属性窗口中设置快捷键为<Ctrl>+<Alt>+C，（按住<Ctrl>不放，按"C"键），运行方式选择"最大化"。

8．将 C 盘中字节数不超过 10K、包含"记事本"文字的第一个文本文件，复制到 C:\KS 下，并改名为 NOTE.TXT。

【提示】打开 Windows 开始菜单中的"搜索"窗口，在左边的搜索列表中选择"所有文件和文件夹"切换到搜索条件输入窗口，输入文件名"*.txt"，在搜索范围中选择 C 盘，在"文件中的一个词和词组"中输入"记事本"，单击"大小是?"，设置大小为"至多 10K"，按"搜索"按钮开始搜索，选中右边搜索出的第一个文件，将其复制到 C:\KS 下，并改名为 NOTE.TXT。

9．查找硬盘上的 Cookies 文件夹，再把它压缩成 Cookies.rar，最后把 Cookies.rar 复制到 SUB1 文件夹中。

实验 3 Windows 操作二

一、实验目的

1. 掌握 Windows XP 中常用软件的使用。
2. 掌握 Windows XP 中应用程序的安装与卸载。
3. 掌握 Windows XP 中常用系统工具的使用。
4. 掌握控制面板中常用工具中的使用。

二、实验范例

1. 计算器、画图、剪贴板、帮助系统等的使用。

分析:

Windows XP 中的计算器、画图、记事本等软件,操作简单,是用户常用的实用工具。要获取当前应用程序窗口的图形,可按下<Alt> + <Print Screen>组合键,若直接按<Print Screen>键,将获取整个桌面的图形。(<Print Screen>键在有些计算机上被标记为<Prt Scrn>)

操作步骤:

(1)利用计算器将十进制的数字"58"转换成二进制,并将该画面以 change.bmp 的文件名保存到"C:\学号\学习\"文件夹中。

① 单击"开始|所有程序|附件|计算器"命令,或单击"开始|运行"打开"运行"对话框,在输入框中键入"calc"打开计算器应用程序,如图 3-1 所示。

② 选择"查看|科学型"命令,输入十进制的"58"后选择二进制前的单选按钮。

图 3-1　计算器

③ 按<Alt> + <Print Screen>组合键,复制计算器应用程序窗口的图形到剪贴板。

④ 选择"开始|所有程序|附件|画图"命令,打开画图应用程序,按<Ctrl>+V 将剪贴板中计算器窗口的图形粘贴到画图应用程序窗口,执行"文件|保存"命令,以文件名 change.bmp 将结果保存到"C:\学号\学习\"文件夹中。

(2)将整个桌面复制到剪贴板,并以 desktop.clp 的文件名保存到"C:\学号\学习"中。

　① 按<Print Screen>键将整个桌面的图形复制到剪贴板，可以利用剪贴板查看程序提供的功能，保存剪贴板内的内容。

　② 单击"开始|运行"命令，打开"运行"对话框，在组合框中输入"clipbrd"，打开剪贴板查看程序，从中可以看到整个桌面的图形。

　③ 执行"文件|另存为"命令，将剪贴板中的内容以"desktop.clp"保存到"C:\学号\学习"文件夹中。

　（3）利用"帮助和支持"找到"共享打印机"的相关信息，将其内容复制到剪贴板，然后粘贴到记事本，并以"printhlp.txt"为文件名保存到"C:\学号\学习"文件夹中。

　① 选择"开始|帮助和支持"命令，打开"帮助和支持中心"窗口，在"搜索"中输入"共享打印机"并单击"开始搜索"按钮，在"搜索结果"中单击"共享打印机"，如图 3-2 所示。选择右窗格中的内容并复制，然后关闭"帮助和支持中心"窗口。

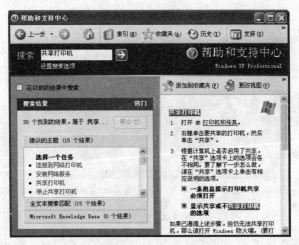

图 3-2　帮助和支持

　② 打开剪贴板查看程序，观察其中的内容，然后关闭剪贴板查看程序。

　③ 单击"开始|所有程序|附件|记事本"打开记事本应用程序，复制相关内容并保存文件。

　【注意】如果无法启动"帮助和支持"程序，可通过"控制面板|管理工具|服务"打开服务应用程序，在"标准"列表框内，启动"Help and Support"服务，如图 3-3 所示。

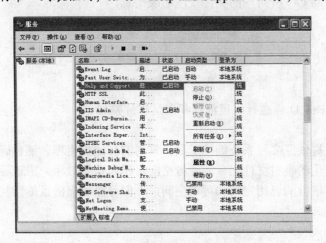

图 3-3　启动 Windows 服务

2. 安装和卸载应用程序 QQ2011。

分析:

应用软件多数是由用户选择并下载的,而下载的软件在安装后才能使用,软件的安装由安装程序完成。当不需要该软件时就可以卸载它,卸载软件是指删除某个软件所对应的磁盘文件和注册表相关数据。可以使用软件自带的卸载程序卸载软件,也可以使用系统"控制面板"中的"更改或删除程序"卸载软件。

操作步骤:

(1) 下载并安装应用程序 QQ2011。

① 启动 Internet Explorer 浏览器,在地址栏输入网址 "http://www.qq.com/",进入 QQ 的官方网站,将 QQ2011Beta3.exe 下载到自己的计算机中。

② 双击 QQ2011Beta3.exe 即启动 QQ 的安装程序,出现如图 3-4 所示的安装向导。

图 3-4　安装向导

③ 根据安装向导选择"自定义安装选项"、安装目录等信息,单击"安装"按钮即开始安装程序。

【注意】软件的安装程序通常是 Setup.exe 或 Install.exe。

(2) 卸载应用程序 QQ2011。

选择"开始|所有程序|腾讯软件|QQ2011"命令,选中卸载 QQ2011,如图 3-5 所示,即启动卸载程序,删除 QQ 所对应的文件及注册表信息。

图 3-5　卸载 QQ2011

3. 对计算机中的 D 盘进行磁盘清理和磁盘碎片整理。

分析:

Windows XP 提供了多种系统维护工具,常用的有磁盘清理、磁盘碎片整理等。磁盘清理可以清除系统产生的临时文件,节约硬盘空间,提高系统效率,应该经常使用。磁盘碎片整理可以重新安排磁盘的已用空间和可用空间,不但可以优化磁盘的结构,而且可以明显提高磁盘读写的效率。

操作步骤:

(1) 选择"开始|所有程序|附件|系统工具|磁盘清理"命令,打开磁盘清理系统工具,选

择 D 盘后，系统计算可以释放的硬盘空间，如图 3-6 所示。接着在如图 3-7 所示的"磁盘清理"对话框中，选择要删除的文件类型后开始清理磁盘。

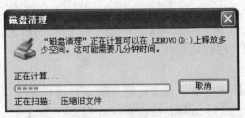

图 3-6 计算硬盘空间

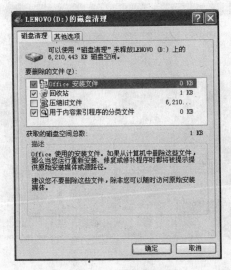

图 3-7 磁盘清理

（2）选择"开始|所有程序|附件|系统工具|磁盘碎片整理程序"命令，打开磁盘碎片整理系统工具，选择 D 盘后单击"碎片整理"按钮，开始对磁盘的碎片进行分析并整理，如图 3-8 所示。

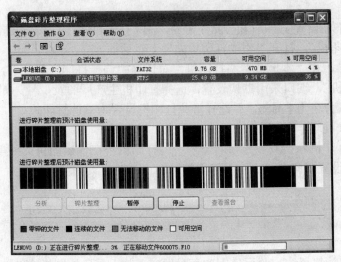

图 3-8 磁盘碎片整理

4．为系统创建受限的新用户 USER，并设置其密码为 abc-123。

分析：

控制面板是 Windows 的一个重要系统文件夹，其中包含许多独立的工具，可以用来管理用户帐户、设置与管理设备等。Windows XP 允许多个用户使用同一台计算机，每个用户可以有个性化的环境设置和不同的访问权限。

操作步骤：

① 选择"开始|设置|控制面板"命令，在控制面板窗口中双击"用户帐户"图标。

② 选择"创建一个新帐户"选项，输入帐户名"USER"，并将其帐户类型设置为"受限"。

③ 选择该帐户，并创建密码，系统中的帐户如图 3-9 所示。

图 3-9　用户帐户

5．打印机安装及属性设置。

分析：

打印机是计算机常用的输出设备，也是必不可少的办公设备，目前打印机主要通过 USB 接口与主机连接。

操作步骤：

① 选择"开始|设置|打印机和传真"命令，在"打印机和传真"左窗格的"打印机任务"中选择"添加打印机"，打开"添加打印机向导"对话框。

② 根据向导，在"本地或网络打印机"对话框中选择打印机的位置，如"连接到此计算机的本地打印机"，端口采用默认设置，选择打印机生产厂商及型号，如 Epson LQ-2500。

③ 将打印机命名为 Epson，并选择将此打印机设置为默认打印机。

④ 打印测试页后，即可完成打印机的安装。

⑤ 右击"打印机和传真"窗口右窗格中的打印机，在弹出的快捷菜单中选择"打印首选项"命令，可设置横向布局、双面打印等属性。

三、实训

1．将标准型计算器窗口画面复制到画图程序，并用单色位图格式以 tu.bmp 为文件名保存到 C:\KS 下。

【提示】

① 选择"开始|所有程序|附件|计算器"命令，启动计算器程序，按"<Alt>+<Print Screen>"将当前活动窗口复制到剪贴板上。

② 选择"开始|所有程序|附件|画图"命令，启动画图程序，按<Ctrl>+V将剪贴板上的内容粘贴到画图程序中。

③ 选择菜单"文件|另存为"命令，保存在 C:\KS 目录中，在文件名中输入"tu"，文件类型选择单色位图。

2．查找 Windows 帮助中有关"文件和文件夹概述"的信息，不展开各项明细，将其右侧文本内容复制到"记事本"，以文件名 HELP.TXT 保存到 C:\KS 文件夹中。

3．下载 Flash 的安装文件并安装软件到计算机上，卸载系统中不再需要的软件。

4．利用控制面板设置鼠标的指针方案为"怀旧式"。

5．安装一台打印机并进行设置，通过设置打印到文件，完成虚拟打印操作。

实验 4 Word 基本操作一

一、实验目的

1. 熟悉 Word 工作界面。
2. 掌握 Word 中字符格式、段落格式的设置和中文版式。
3. 掌握 Word 中制表位的设置及页眉、页脚及页码的设置。
4. 掌握 Word 中表格的处理。
5. 掌握 Word 中艺术字、图片、公式、文本框及对象格式的设置方法。
6. 掌握 Word 中的查找与替换功能。

二、实验范例

1. 打开配套文件“word_f11_1.doc”，按下列要求操作，使最终结果如图 4-1 所示。

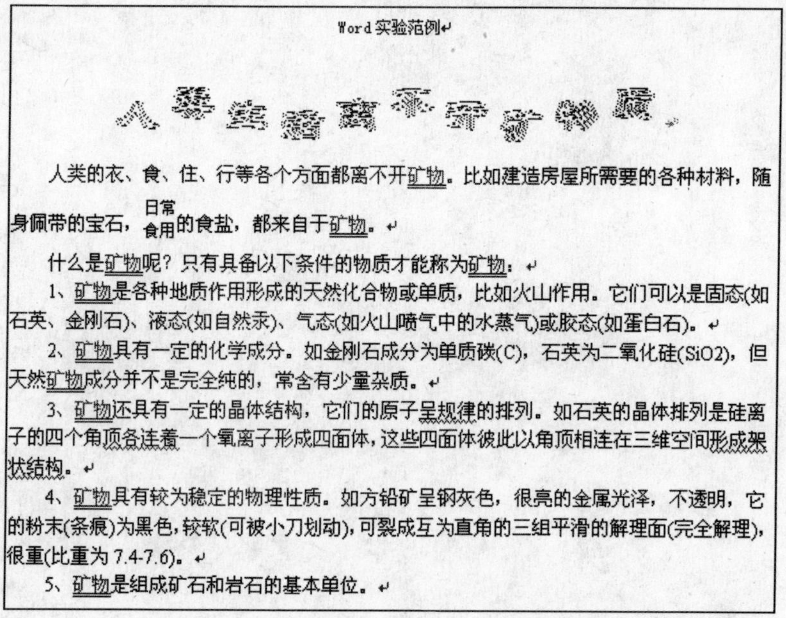

Word 实验范例↵

人类生活离不开矿物质

人类的衣、食、住、行等各个方面都离不开矿物。比如建造房屋所需要的各种材料，随身佩带的宝石，日常食用的食盐，都来自于矿物。↵

什么是矿物呢？只有具备以下条件的物质才能称为矿物：↵

1、矿物是各种地质作用形成的天然化合物或单质，比如火山作用。它们可以是固态(如石英、金刚石)、液态(如自然汞)、气态(如火山喷气中的水蒸气)或胶态(如蛋白石)。↵

2、矿物具有一定的化学成分。如金刚石成分为单质碳(C)，石英为二氧化硅(SiO2)，但天然矿物成分并不是完全纯的，常含有少量杂质。↵

3、矿物还具有一定的晶体结构，它们的原子呈规律的排列。如石英的晶体排列是硅离子的四个角顶各连着一个氧离子形成四面体，这些四面体彼此以角顶相连在三维空间形成架状结构。↵

4、矿物具有较为稳定的物理性质。如方铅矿呈钢灰色，很亮的金属光泽，不透明，它的粉末(条痕)为黑色，较软(可被小刀划动)，可裂成互为直角的三组平滑的解理面(完全解理)，很重(比重为 7.4-7.6)。↵

5、矿物是组成矿石和岩石的基本单位。↵

图 4-1 word_f11_1.doc 范例样张

分析：

Word 中字体样式和段落格式通常在“格式”菜单中进行设置，通过“格式|中文版式”命令可设置字符拼音、合并字符、双行合一等，文本与表格之间的相互转换通过“表格|转换”命令实现，利用“编辑”菜单下的“查找”、“替换”命令可以查找、替换文档中的内容，在

文档中添加"页眉"或"页脚"可以通过"视图|页眉和页脚"命令设置。

操作步骤：

（1）将标题文本设置为空心效果，字符间距加宽 3 磅；按样张所示对文字提升、降低各 6 磅；设置"亦真亦幻"的动态效果并居中显示；设置"日常食用"的中文版式为"双行合一"。

① 选中标题，选择"格式|字体"命令，打开"字体"对话框。

② 在"字体"选项卡中将其设置为华文隶书，小一号，加粗，空心效果，在"字符间距"选项卡中将字符间距设置为加宽 3 磅。

③ 按样张分别将文字"类"、"活"设置提升、降低 6 磅，再用格式刷复制格式到其他文字。

④ 选中标题文本，在"文字效果"选项卡中选择"亦真亦幻"动态效果，居中显示。

⑤ 选中"日常食用"，选择"格式|中文版式|双行合一"，在对话框中单击"确定"按钮完成操作。将其字号设置为"小二"。

（2）将段落进行拆分、移动，并设置段落首行缩进。

① 将鼠标光标移至第一段中的"什么是矿物"前，按回车键，完成分段操作。

② 选中最后一段，拖曳至第二段下方，释放鼠标完成段落的移动。

③ 选中所有段落，选择"格式|段落"，在"缩进和间距"选项卡中选择首行缩进 2 字符。

【注意】拖曳时若按住<Ctrl>键不放，虚线光标会显示"+"号，则对内容进行了复制。

（3）以制表符为分隔符将文本第 3～7 段转换为表格形式，再以"、"号为分隔符转换回文本。

① 选中第 3～7 段文本后，选择"表格|转换|文本转换成表格"命令，设置文字分隔符位置为"制表符"，选择自动调整为"根据内容调整表格"，单击"确定"按钮完成操作。

② 选中表格，选择"表格|转换|表格转换成文本"命令，在对话框中选择"其他符号"，设置"、"号为分隔符，单击"确定"按钮将表格转回文本，并设置首行缩进段落格式。

（4）设置正文中的所有"矿物"两字为红色、加粗、斜体、四号、蓝色双下划线。

① 选中正文，选择"编辑|替换"命令，在"替换"选项卡内的"查找内容"列表框中输入"矿物"，在"替换为"列表框中输入"矿物"。

② 单击"高级"按钮，展开相关选项，在"格式"中选择"字体"命令，设置替换内容的格式。选择"确定"后单击"全部替换"，注意不要将标题中的文字替换掉。

【注意】在设置替换格式时，一定要先将光标定位到"替换为"下拉框内，然后单击"高级|格式"按钮，选择"字体"命令进行设置。要取消内容的格式，可单击"不限定格式"按钮。

（5）设置小五号宋体、居中对齐的页眉"Word 实验范例"，添加置于页脚右端的页码。

① 选择"视图|页眉和页脚"命令，打开"页眉和页脚"工具栏，并使页眉处于编辑状态，输入"Word 实验范例"，并按要求设置字体和对齐方式。

② 单击"页眉和页脚"工具栏上的"在页眉和页脚间切换"按钮，转换为页脚编辑，设置页脚右对齐并单击"页眉和页脚"工具栏上的"插入页码"按钮，完成页码设置。

2. 打开文件"word_f11_2.doc"，按下列要求操作，使最终结果如图 4-2 所示。

图 4-2　word_fl1_2.doc 范例样张

分析：

使用"插入|图片"命令可以插入"剪贴画"、"来自文件"的图片、艺术字等。通过"视图|工具栏"命令可以打开或关闭各种工具栏。

操作步骤：

（1）插入艺术字"现代战争—"和"武器研究"并设置格式。

① 分别选中"现代战争—"和"武器研究"，选择"插入|图片|艺术字"命令，选中艺术字库第一行第一列样式，在编辑"艺术字"文字窗口中设置字体为黑体、40 磅、粗体。

② 选择"武器研究"，通过艺术字编辑窗，用回车键将文字分成两行，文字填充为黑色。调整大小与全文左右对齐。

③ 选中整行艺术字，选择"格式|边框和底纹"命令，设置上下双线边框，灰色-15%的底纹并应用于段落。

（2）通过替换命令将全文中所有"目的"二字改写成"目标"，格式为红色、粗斜体、加着重号。

（3）将全文两端对齐，并设置每段起始若干字符为黑体、加粗、四号、加灰色-15%底纹。

（4）选择"插入|图片|来自文件"命令插入图片 jetplane.jpg，在"图片"工具栏中设置图片的宽、高分别为 6.0cm 和 3.8cm。插入图片 bomb.jpg，设置宽、高分别为 4.0cm 和 2.0cm。两图片均为"四周型"环绕方式，并加 1.5 磅黑线条。

（5）将最后一段文字插入自选图形圆角矩形中，添加"雨后初晴"渐变填充效果和酸橙色三维效果。

① 勾选“视图|工具栏|绘图”命令，显示绘图工具栏（位于窗口底部），选择“自选图形|基本形状|圆角矩形”命令，在绘图画布中画出圆角矩形图形，将最后一段文字移入其中。

② 选中圆角矩形，选择“格式|自选图形”命令，打开设置自选图形格式对话框，在“颜色与线条”选项卡中设置雨后初晴渐变填充效果。

③ 选中圆角矩形，在绘图工具栏中单击“三维效果样式”按钮，选择一种样式，设置三维颜色为酸橙色。

（6）设置页眉文字“《兵器知识》”为宋体、小四、右对齐。

三、实训

1. 打开配套的 word1_1.doc 文件，按下列要求和图 4-3 所示样式制作课程表，结果以文件名 wordsy1_1.doc 保存在自己的文件夹中。

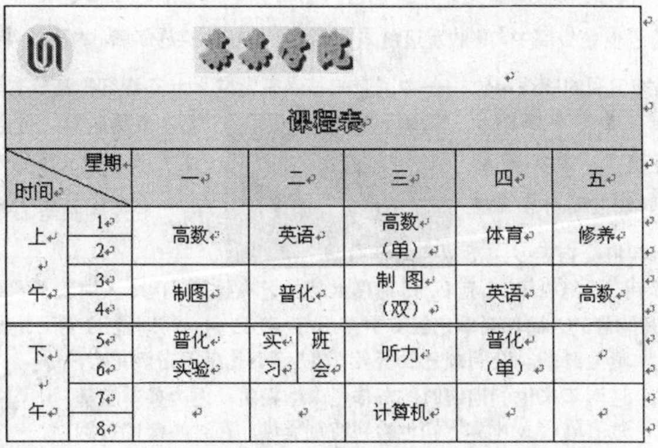
课程表

星期 / 时间		一	二	三	四	五
上午	1、2	高数	英语	高数（单）	体育	修养
	3、4	制图	普化	制图（双）	英语	高数
下午	5、6	普化实验	实习 班会	听力	普化（单）	
	7、8			计算机		

图 4-3　word1_1.doc 实验样张

（1）插入并修改表格。

（2）在表格第一行左侧插入图像 Image1.gif。

（3）在表格第一行插入自己的学校名，设置为艺术字，采用艺术字库第二行第五列样式，艺术字填充色为橘黄色，线条色为金色，华文行楷、20 磅、粗体，并调整艺术字位于表格第一行中间。

（4）表格第二行插入标题“课程表”，设置为黑体、4 号、蓝色、空心效果。

（5）表格第二、三行添加灰色-10%底纹。

【**提示**】根据样张效果，可以插入 1 个 7 行 6 列的表格，然后通过拆分、合并单元格做出课程表。其中左上角“时间”和“星期”的斜线，可以通过设置“格式|边框和底纹”命令在单元格区域添加。

2. 打开配套的 word1_2.doc 文件，按下列要求和图 4-4 所示样式操作，结果以文件名 wordsy1_2.doc 保存在自己的文件夹中。

（1）设置标题“‘嫦娥一号’飞天带动择业‘航空热’”为艺术字。采用艺术字库中第 4 行第 1 列的基本式样，设置为楷体、36 号、加粗，艺术字形采用“波形 1”，高度为 2cm，“上下型”图文环绕。

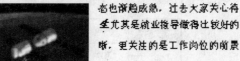
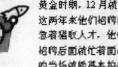

图4-4 word1_2.doc 实验样张

（2）将正文各段首行缩进 0.75cm；正文第一段加上蓝色阴影边框，线宽 3 磅；底纹设置为填充色"无"，图案样式为 20%，颜色为"自动"。

（3）在第二段中，将"毕业生"字体设置为楷体、加粗、倾斜、小四号、带着重号；将"中国航天"进行组合（合并字符），组合字体大小为 11 磅。

（4）在文中插入图片 sy2.jpg，大小缩为 25%，设置为"四周型"图文环绕混排。

（5）在文中插入"科技"类别中的剪贴画。编辑剪贴画，将地球背景改为红色，复制并将其水平翻转后，分别设置为"四周型"图文环绕方式，并置于末段两侧。

【提示】

（1）选中剪贴画并右单击，在弹出的快捷菜单中选择"编辑图片"命令，在绘图画布中选中背景，将其颜色设置为红色，并设置为"四周型"图文环绕方式。

（2）复制后对新的剪贴画"取消组合"，再"重新组合"后"水平翻转"即可达到翻转效果。

实验 5　Word 基本操作二

一、实验目的

1．掌握 Word 中首字下沉、分栏排版的设置。
2．掌握 Word 中边框和底纹、项目符号的使用。
3．掌握 Word 中标准样式的使用。
4．掌握 Word 中图文混排的方法。
5．了解长文档编排方法。

二、实验范例

1．打开配套的文件"word_fl2_1.doc"，按下列要求操作，使最终结果如图 5-1 所示。

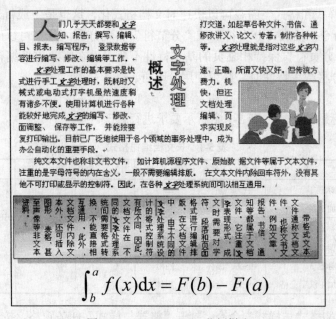

图 5-1　word_fl2_1.doc 范例样张

分析：
主要使用"格式"菜单的"字体"、"首字下沉"、"分栏"和"边框和底纹"等命令。
操作步骤：
（1）格式化全文为宋体、五号、首行缩进 2 字符。
（2）将文档第二段首字下沉 2 行，下沉字设置为楷体、加粗、深蓝色，并设置底纹效果。
① 将插入点置于第二段任何位置（可以不选定文本），选择"格式|首字下沉"命令，在

对话框中选首字下沉并设置下沉 2 行。

② 选定首字符，利用格式工具栏或"格式|字体"命令设置首字符为楷体、加粗、深蓝色。利用"格式|边框和底纹"命令设置底纹样式为 20%的图案。

（3）取消第 4 段分栏，将插入点置于第 4 段，选择"格式|分栏"命令，在分栏对话框中选择预设为"一栏"。

（4）选中第 1 段文字"文字处理概述"，选择"插入|文本框|竖排"命令，将其插入竖排文本框中，再将竖排文本框移动到第 2、3 段中间，并设置文字为黑体、2 号、加粗、部分文字空心效果。

（5）插入图像 Image2.wmf，设置图像高度为 3cm，通过"格式|边框和底纹"命令为图像加黑色框线。

（6）将全文中所有的"文字"二字都替换成加粗、斜体、红色、双下划线。

（7）将最后一段的文字插入竖排文本框，添加阴影和"雨后初晴"斜上底纹样式的渐变填充效果。

（8）在文章最后通过"插入|对象|Microsoft 公式 3.0"命令插入公式，并居中对齐。

2．打开配套文件"word_fl2_2.doc"，按下列要求进行长文档编排。

分析：

长文档编排通常应包括各级标题的设置，插入图片、脚注，设置页眉、页脚，制作目录和封面。

通过"格式|样式和格式"命令可以快速对文档格式化，这也是生成目录所必需的。通过"插入|分隔符"命令，插入"分页符"或"分节符"实现分页，分页可以确保章节标题总在新的一页开始。"分页符"保持相临页的基本特性不变，而在需要重新编行号，改变页眉、页脚、页边距或分栏数等特性时，必须使用分节符。

操作步骤：

（1）将各级标题的格式按表 5-1 中所示要求进行修改。

表 5-1 长文档编排格式

内 容	样 式	字 体	字 号	段 前	段 后	行 距	对 齐
大标题 如第 2 章	标题 1 编号后加 2 汉字空格	中文：黑体 西文：Arial	二号 粗体	6	6	单倍	居中
下级 如 2.1	标题 2 编号后加 1 汉字空格	中文：黑体 西文：Arial	三号 粗体	3	3	单倍	两端 对齐
再下级 如 2.1.1	标题 3 编号后加 1 汉字空格	中文：黑体 西文：Arial	四号 粗体	3	3	单倍	两端 对齐

① 选择"格式|格式与样式"命令，打开"格式与样式"任务窗格，按表 5.1 中所示的要求修改"标题 1"的样式。

② 将光标置于大标题，在"格式与样式"任务窗格中选择"标题 1"，即可应用该样式。

③ 用同样方式设置"标题 2"、"标题 3"样式并应用到标题中。

④ 完成后在"大纲"模式下，显示 3 级以上标题。

（2）按图 5-2 所示在文档内插入一个文本框，去掉文本框边框线，设置文本框为嵌入型。在文本框内插入图片 2.2.1 和 2.2.2，并在图下添加说明文字。

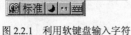

图 2.2.1   利用软键盘输入字符

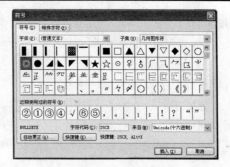

图 2.2.2   "字符"对话框

图 5-2   使用文本框插入图片

（3）在文中插入脚注。

① 将光标置于所编辑的文档 2.2.2 节第 3 段"Office XP 中"后，选择"插入|引用|脚注和尾注"命令，在"脚注和尾注"对话框中，选择脚注位置为"页面底端"，编号格式为"①,②,③…"，编号方式为"每页重新编号"。

② 将括号中的内容移至脚注部分，并删除括号。用同样的方式将"ViaVoice"后内容移至脚注中。

③ 最后脚注形式如图 5-3 所示。

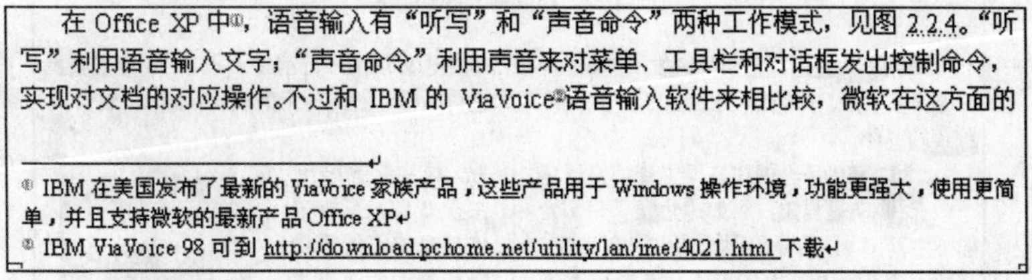

在 Office XP 中①，语音输入有"听写"和"声音命令"两种工作模式，见图 2.2.4。"听写"利用语音输入文字；"声音命令"利用声音来对菜单、工具栏和对话框发出控制命令，实现对文档的对应操作。不过和 IBM 的 ViaVoice②语音输入软件来相比较，微软在这方面的

———————————————
① IBM 在美国发布了最新的 ViaVoice 家族产品，这些产品用于 Windows 操作环境，功能更强大，使用更简单，并且支持微软的最新产品 Office XP
② IBM ViaVoice 98 可到 http://download.pchome.net/utility/lan/ime/4021.html 下载

图 5-3   脚注

（4）设置页眉、页脚。

① 设置页眉为"《毕业论文》"，左对齐，并加一条下框线。

② 页脚处插入页码，居中，并加一条上框线。

③ 选择"文件|页面设置"命令，在"页面设置"对话框中设置页边距的上、下为 2.5cm，左、右为 3cm，页眉、页脚为 2cm。

（5）制作目录。

① 将光标定位在全文开始处，选择"插入|分隔符|分节（下一页）"命令插入一页。

② 在新页中输入"目录"，设置其格式为黑体、二号、居中、分散对齐，通过"格式|调整宽度"命令设置文字宽度为 4cm。

③ 在文字"目录"后增加一空行，选择"插入|引用|索引和目录"命令，设置目录格式为"正式"，生成文章的 3 级目录形式。

④ 设置目录页的页码格式为 i、ii、iii 样式，选择"起始页码：i"。

（6）设置水印：选择"格式|背景|水印"命令，在"水印"对话框中选中"图片水印"，选择配套文件"天华.jpg"，确定完成水印制作；或选择"视图|页眉和页脚"命令，插入图片"天华.jpg"，设置图片版式为"衬在文字下方"，颜色为"冲蚀"，水平相对于页边距居中，垂直相对于页边距居中。

（7）制作封面。

① 在目录页前，选择"插入|分隔符|分节（下一页）"命令插入新页。

② 在新页中第一行输入"分类号_____密级_____"，第二行输入"ＵＤＣ_____编号_____"，两端对齐，字体为仿宋、四号。

③ 在页面上部居中显示"××学院学士学位论文"，宋体、二号。

④ 在页面中部居中显示"计算机软件的分类与研究"，楷体、一号。

⑤ 在页面下部分三行居中显示"学生姓名：×××"、"指导教师：×××"、"专业名称：×××"，宋体、四号。

⑥ 在页面底部居中显示当前年月日，楷体、三号。

三、实训

1. 打开配套的 word2_1.doc 文件，按下列要求和图 5-4 所示样式操作，结果以文件名 wordsy2_1.doc 保存在自己的文件夹中。

图 5-4　word2_1.doc 实验样张

（1）将标题"绿色蔬菜"改为艺术字体，式样为式样库中的第 4 行第 3 列，隶书、40 磅、粗体。为艺术字加黑色边线并居中显示。

（2）将正文中所有的"蔬菜"（标题除外）改为带下划波浪粗线的、蓝色、加粗字体。

（3）取消正文第一段的字符缩放；将第一、二段首行缩进 2 个字符，第一段的段前间距调整为 12 磅。

（4）将第二段首字下沉 2 个字符，并设置为带分隔线的两栏。在第二段末插入图片 shucai.jpg，设置其高度为 2.5cm，宽度为 3.3cm，设置为"四周型"版式并调整位置。

【提示】

① 对段落既要设置首字下沉，又要设置分栏效果时，应先分栏再首字下沉。

② 对段落既要设置首字下沉，又要设置首行缩进时，应先首行缩进再首字下沉。

（5）为正文最后四段加项目符号 ，项目符号缩进 0.3cm，制表符和文字位置均为 1cm。

2. 打开配套的 word2_2.doc 文件，按下列要求和图 5-5 所示样式操作，结果以文件名 wordsy2_2.doc 保存在自己的文件夹中。

图 5-5　word2_2.doc 实验样张

（1）将最后一个自然段文字插入左侧标题栏中，设置为楷体、2 号、蓝色、空心效果，添加带图案线条为球体，线条为 4.5 磅。

【提示】标题栏使用竖排文本框制作，设置文本框的线条样式为"带图案线条"，并且一定要设置线条宽度，否则无法显示完整的小球图案。

（2）格式化全文为宋体、五号、首行缩进 2 字符，第 2、4 段文字段前空 6 磅。

（3）将第一个自然段文字插入自定义图形中，楷体、加粗，图形填充色为金色年华、垂直底纹样式。

（4）将全文中除标题外所有的"Web"改写成粗体、红色、双下划线。第 3 段文字分为两栏，插入分割线。

（5）第 4 段末插入图像 Image4.jpg，缩小为 50%。

（6）设置页眉插入图像 banner.jpg，页脚文字为您的"学号姓名"，宋体、4 号，加上下双线和-10%灰色底纹。

【提示】页脚文字右对齐，边框线和底纹不要对段落添加，要对文字添加。

实验 6　Excel 基本操作一

一、实验目的

1. 熟悉 Excel 工作界面。
2. 掌握 Excel 中的工作簿操作和工作表编辑。
3. 掌握 Excel 中单元格格式的设置。
4. 掌握 Excel 中公式的编辑，使用系统提供函数完成运算。

二、实验范例

1. 打开配套文件"excel_fl1_1.xls"，按下列要求进行操作。

分析：

在 Excel 中复制单元格时，复制了单元格的所有属性，如数值、公式、格式、批注等。通过"选择性粘贴"可对单元格的属性进行有选择性的粘贴。使用 Excel 所提供的函数可以对某个区域内的数值进行一系列运算，如分析和处理日期值和时间值、确定贷款的支付额、确定单元格中的数据类型、计算平均值等。

操作步骤：

（1）新建工作表 Sheet4，将 Sheet1 的 A3:E59 区域除批注外复制到 Sheet4 的 A1:E57 区域。

① 选择"插入|工作表"命令，或在工作表标签上右键单击后选择快捷菜单中"插入"命令，在插入对话框中选择"工作表"。可利用鼠标拖曳 Sheet4 工作表标签将其移动到某一工作表标签后。

② 在 Sheet1 中用鼠标拖曳选中单元格 A3:E59 区域并复制，选中 Sheet4 的 A1 单元格，选择"编辑|选择性粘贴"命令，在选择性粘贴对话框中选择"数值"。

（2）在 Sheet1 中输入标题"学生第一学期成绩表"，使该标题占据 2 行且在 A1:G2 区域合并居中显示，字体为宋体，字号为 26，加粗，红色。

① 在 A1 单元格输入"学生第一学期成绩表"。

② 右击行号 2，执行"插入"命令，插入一新行。

③ 拖曳鼠标，选中 A1:G2 区域，选择"格式|单元格"命令，在"对齐"选项卡中选择合并单元格，水平居中（或单击工具栏的"合并居中"按钮），在"字体"选项卡中设置宋体、26、加粗、红色。

（3）对 Sheet1 中成绩大于或等于 90 的分数用红色粗体表示。

选中分数区域 C4:E58，选择"格式|条件格式"，在条件格式对话框中，设置条件为"单元格数值大于或等于 90"，单击"格式"选择红色、粗体。

（4）将 Sheet1 中的 F3 单元格内容改为"性别"，在 Sheet1 的 F4:F58 区域添加性别数据，数据来源为 Sheet3 的 B3:BD3；将 B17（黄敏）单元格的批注信息移到 B7（谢小号）单元格，并显示该批注。

① 选中 F3 单元格，将内容改为"性别"。打开 Sheet3 表，选中 B3:BD3 区域，单击"复制"按钮；回到 Sheet1，选中 F4 单元格，选择"编辑|选择性粘贴"命令，在对话框中选择"转置"。

② 右键单击 B17 单元格，执行"复制"命令，选中 B7 单元格，选择"编辑|选择性粘贴"命令，在对话框中选择"批注"。右击 B17 单元格，选择"删除批注"，右击 B7 单元格，选择"显示批注"。

（5）统计各门课的最高成绩，分别存入 C59、D59、E59 单元格。

选中 C59 单元格，选择"插入|函数"命令或单击"插入函数"按钮（fx），选择"MAX"函数，选择数据范围为 C4:C58，然后将 C59 的自动填充柄向右拖曳。

（6）计算奖学金，计算方法如下：三门课程中有一门为最高分的奖学金为 500 元，其他为 200 元，所有金额数据前显示"人民币"并调整列宽。

① 选中 G4 单元格，在公式编辑栏输入=IF(OR(C4=$C$59,D4=$D$59,E4=$E$59),500,200)，将 G4 的自动填充柄向下拖曳。

② 选中 G4:G58，选择"格式|单元格格式"命令，在"数字"选项卡中选择"自定义"，在类型栏数字前输入"人民币"。

【注意】C59、D59、E59 单元格存放最高分，不能在填充时发生改变，所以公式中要使用绝对地址。

Excel 中条件函数格式为：IF(判断条件, 值 1, 值 2)，当判断条件值为真时返回值 1，当判断值为假时返回值 2；

"或"运算的格式为：OR(判断 1, 判断 2,……)，只要有一个判断成立，就返回"真"；

"与"运算的格式为：AND(判断 1, 判断 2,……)，所有判断成立，才返回"真"。

（7）给整个工作表数据区域设置粗外边框线和细内边框线。

选中 A1:G59，选择"格式|单元格"命令，在"边框"选项卡，选中线条样式设置外边框和内边框。

2. 打开配套文件"excel_fl1_2.xls"，按下列要求和图 6-1 所示样式进行操作。

信息管理学院函授						
分	部	学	生	成	绩	表
班级	学号	姓名	高等数学	大学英语	信息技术	总积分	奖学金
信息班	0232111C	戴雯	86	80	88	###.#	#等
信息班	0232118C	刘丽娟	76	88	80	###.#	#等
财会班	0271113A	黄敏	82	82	88	###.#	#等
财会班	0271116A	陆沁	57	86	88	###.#	#等
财会班	0271124A	刘齐	83	83	87	###.#	#等
信息班	0232119C	杜利红	86	80	88	###.#	#等
财会班	0271230A	何净	88	87	88	###.#	#等
财会班	0271231A	廖勤武	68	88	88	###.#	#等
金融班	0272101A	梁俊琳	89	78	98	###.#	#等
金融班	0272104A	何文婷	53	79	65	###.#	#等
财会班	0271219A	毛铭丽	77	78	70	###.#	#等
财会班	0271224A	王鹏飞	83	77	78	###.#	#等
金融班	0272115A	费晓东	76	89	78	###.#	#等
金融班	0272118A	毕继华	88	79	70	###.#	#等
金融班	0272132A	辛磊夫	87	70	70	###.#	#等
统计班	0292129I	郭宝	86	77	88	###.#	#等
统计班	0293119I	夏子卿	77	70	90	###.#	#等
统计班	0293129I	韩炳城	79	78	88	###.#	#等
财会班	0271128A	陈文华	77	77	88	###.#	#等
财会班	0271131A	胡学聪	79	79	90	###.#	#等
统计班	0293109I	毛海燕	86	64	70	###.#	#等
平均值			##.##	##.##	##.##		

图 6-1　excel_fl1_2.xls 范例样张

分析：

Excel 中公式必须用 "=" 引导，对于公式中的地址要注意区分相对引用、绝对引用和混合引用。可以为多个单元格组成的区域命名并使用该命名区域。IF 函数默认为 2 个分支，对于多分支可用嵌套 IF 完成计算。嵌套 IF 的操作方法：当光标置于 Value_if_false 文本框后，单击名称框中的 "IF"，即可产生嵌套 IF，如图 6-2 所示。

IF	▼ ✕ ✓ f_x	=IF(G4>250,"a",IF())

图 6-2　IF 函数嵌套

操作步骤：

（1）在 Sheet1 中第一行下插入行，将 "分部学生成绩表" 移动到新的 A2 中，并在 A1:H2 区域按样张排列，第一行跨列居中，第二行合并单元格且分散对齐。标题字体格式设置为：20 磅、隶书，有条纹的地方为：细对角线条纹。

（2）计算 Sheet1 中的 "总积分"：总积分=高等数学+大学英语+信息技术×系数（在 J1 中）；并计算 Sheet1 中的各项平均值。

①　选中 G4，在公式编辑栏输入 "=D4+E4+F4*J$1"，设置数据格式为保留一位小数，将 G4 的自动填充柄向下拖曳。

②　选中 D25，单击 "插入函数" 按钮，选择 "AVERAGE"，数据范围为 D4:D24，设置数据格式为保留两位小数，然后将 D25 的自动填充柄向右拖曳。

【注意】 计算总积分时，由于 "系数" 固定在 J1 中，每个学生的总积分计算公式中都乘 J1 单元格中的数据，故使用混合地址引用单元格 J1，采用 J$1 形式，自动填充柄向下拖曳时，就可使行号保持不变。

（3）在 Sheet1 的 K1 单元格中计算 "抽样" 区域的最大值。在 Sheet1 中选取所有 90 的数据，并将该区域命名为 "高分值"。

①　"抽样" 是本例事先命名好的若干个单元格组成的区域，要找出该区域的最大值，选中 K1，单击 "插入函数" 按钮（f_x），选择 "MAX" 函数，在 "Number1" 中选择 "插入|名称|粘贴" 命令，在粘贴名称对话框中选择 "抽样"。

②　选取 Sheet1 中所有值为 90 的单元格，在名称框输入 "高分值" 并回车。

（4）计算 Sheet1 中的 "奖学金"，计算条件是："总积分" ≥230，"奖学金" 为 "一等"；"总积分" ≥220，"奖学金" 为 "二等"；其余为 "三等"。

本例计算条件要产生 3 个分支，因此需要用嵌套 IF 完成计算。选中 H4，单击 "插入函数" 按钮，选择 "IF" 函数，在 "Logical_test" 文本框中输入 "G4>=230"，在 "Value_if_true" 文本框中输入 "一等"，完成第一个分支的设置，选择 "Value_if_false" 文本框，单击名称框中的 "IF"，使条件设置对话框再次变成 3 行，来完成另 2 个的设置，在 "Logical_test" 文本框中输入 "G4>=220"，在 "Value_if_true" 文本框中输入 "二等"，在 "Value_if_false" 文本框中输入 "三等"。将 H4 的自动填充柄向下拖曳。

【注意】 可直接在公式编辑栏输入 "=IF(G4>=230,"一等",IF(G4>=220,"二等","三等"))"。

（5）调整列宽：鼠标置于列交界处拖动即可；同时调整多列列宽时先选中要调整的列；将鼠标置于其中某一列交界处拖动。

三、实训

打开配套文件“excel6_1.xls”，按下列要求操作，将结果以文件名 sy6_1.xls 保存在自己的文件夹中。

1．在 Sheet1 前插入一个工作表，命名为“月历表”。用自动填充柄的方法制作表格。

（1）从单元格 A1 起，考虑用最少输入数字，制作一个 2011 年 6 月份的月历表。对月历表套用“彩色 2”格式，如图 6-3 所示。

星期日	星期一	星期二	星期三	星期四	星期五	星期六
			1	2	3	4
5	6	7	8	9	10	11
12	13	14	15	16	17	18
19	20	21	22	23	24	25
26	27	28	29	30		
2011年6月份月历表						

图 6-3　月历表

（2）在 H9 起制作“九九乘法表”，要求用混合引用的方法计算得出，即采用输入公式使用自动填充柄的方法完成，表的上一行加和表格宽度相匹配的标题“九九乘法表”，并按个性化方式格式化“九九乘法表”，在表末右下方写上“制作者：×××”，如图 6-4 所示。

【提示】

① 可以通过“工具|选项|自定义序列”创建、更改或删除自定义序列，星期可以用“自定义填充”。

② 选中乘法表，选择“格式|列|设置最合适的列宽”命令自动调整列宽。

九九乘法表									
	1	2	3	4	5	6	7	8	9
1	1	2	3	4	5	6	7	8	9
2	2	4	6	8	10	12	14	16	18
3	3	6	9	12	15	18	21	24	27
4	4	8	12	16	20	24	28	32	36
5	5	10	15	20	25	30	35	40	45
6	6	12	18	24	30	36	42	48	54
7	7	14	21	28	35	42	49	56	63
8	8	16	24	32	40	48	56	64	72
9	9	18	27	36	45	54	63	72	81
							制作者:×××		

图 6-4　九九乘法表

2．如图 6-5 所示，对 Sheet1 完成以下操作。

某大学2009年（部分专业）招生录取情况							
专业名称	学制	招生计划	实际录取	完成计划	最高分	最低分	分差
行政管理	4	50	49	98.0%	533	481	52
涉外秘书	3	20	20	100.0%	524	482	42
房地产经营管理	3	20	15	75.0%	533	488	45
化学工程与工艺	4	30	26	86.7%	531	486	45
园艺	4	30	29	96.7%	526	474	52
机电技术教育	4	50	48	96.0%	516	468	48
土木工程	4	50	49	98.0%	519	465	54
工程管理	4	50	44	88.0%	522	462	60

图 6-5　Sheet1 样张

（1）将 Sheet1 中的标题"某大学 2009 年（部分专业）招生录取情况"的格式设置为：20 磅、粗体隶书、红色，其中"（部分专业）"设为蓝色，并在 A1:I1 区域合并居中。

（2）计算 Sheet1 中各专业的"完成计划"（=实际录取÷招生计划）用%表示，保留一位小数，并计算"分差"（=最高分−最低分）。

（3）将 Sheet1 中除数值数据外均居中显示，调整到最适合的列宽，表的第一行字体为粗体，并隐藏"学历层次"列。

（4）为 Sheet1 的 A2:I10 区域加上边框线，内框、外框都为蓝色的双线，背景为黄色细对角线条纹。

3．函数使用与多 Sheet 之间的操作。

（1）取消 Sheet2 中隐藏的"基本工资"列，并计算"业绩津贴"（=岗位津贴×Sheet3 中业绩积分）和"实发工资"（=基本工资+岗位津贴+业绩津贴），实发工资 10 元以下的余额记在"工资余额"列（使用 INT 函数）。计算"基本工资"、"实发工资"的"平均值"，精度到小数点后 1 位。

【提示】

① Sheet2 中数据要按"姓名"进行升序排序，使之与 Sheet3 中数据对应。

② 将光标定位在 Sheet2 的数据表格中，选择"数据|排序"命令，在"排序"对话框中设置"主要关键字"为"姓名"，单击"确定"按钮完成按姓名的升序排序。

（2）对"业绩津贴"和"实发工资"插入批注，内容为它们的计算公式。

（3）将 Sheet2 中"实发工资"介于 3 600～4 000 之间的单元格的字体格式设置为红色。

（4）在 Sheet2 中增加 1 列"岗贴类别"，使用 IF 函数填写"岗贴类别"（"岗位津贴"≥500，"岗贴类别"为"一级"；"岗位津贴"≥450，"岗贴类别"为"二级"；其余为"三级"）。

（5）将 Sheet2 的标题"星光公司职工工资统计表"设置为：蓝色、16 磅、粗斜楷体，并在 A1:J1 区域跨列居中。

（6）给 Sheet2 的数据加货币符号，表示为：正数￥#,##0.00；负数￥−#,##0.00，并调整为最适合的列宽。

（7）将 Sheet2 恢复为按部门递增排序。设置 Sheet2 中表格的边框：外框为中等粗细的实线，内部为细虚线。在 J1 中写上"制作：×××"，并右对齐。

4．综合应用。

（1）取消 Sheet5 中"利润"列的隐藏，计算各公司的"预计营收"（预计营收=营收+营收×增长率），"预计利润"（预计利润=利润+营收×世界平均利润率）和各项平均值。

（2）计算 Sheet6 中的每位学生各课程的绩点数和他们的"平均绩点"，对"平均绩点"插入批注内容为："授予学士学位平均绩点必须>2"。各课程的绩点数规定见 Sheet7，平均绩点为：∑（课程的学分数×取得该课程绩点数）/∑（课程的学分数的总和），计算结果保留一位小数，第 2 位后采取四舍五入，计算时必须用公式，不得心算或用常数代入。

【提示】绩点计算需用 IF 语句的嵌套来实现。

（3）将 Sheet6 中小于 60 分的成绩，用红色粗体表示，"平均绩点"≥2 的用蓝色粗体表示。

（4）计算 Sheet6 中各课程的最高分、最低分和平均分，计算结果保留一位小数。

实验 7　Excel 基本操作二

一、实验目的

1. 掌握 Excel 中数据的管理与分析。
2. 掌握数据的排序、数据的筛选、分类汇总、数据透视表的操作。
3. 掌握 Excel 中图表的建立方法。

二、实验范例

1. 打开配套文件"excel_fl2_1.xls"，在 Sheet1 中按下列要求和图 7-1 所示样式进行操作。

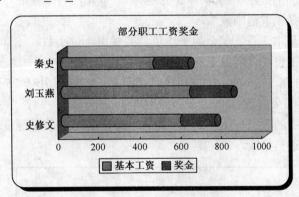

图 7-1　excel_fl2_1.xls 范例样张

分析：

Excel 能够根据工作表中的数据创建图表，即将行、列数据转换成有意义的图像，在选择数据区域时，如果是不连续的单元格须按<Ctrl>键进行选择。

操作步骤：

（1）隐藏"教龄津贴"和"物价补贴"列，将标题"教职员工工资统计汇总表"在 A1:I1 区域合并居中，设置标题为楷体、16 磅、红色、加粗。

（2）计算所有职工的工资：工龄≥20 年者，工资=基本工资+奖金×1.3；工龄<20 年者，工资=基本工资+奖金×1.1。选中 H3，单击"插入函数"按钮，选择"IF"函数，在"Logical_test"中输入"G3>=20"，在"Value_if_true"中输入"D3+E3*1.3"，在"Value_if_false"中输入"D3+E3*1.1"，也可直接在公式编辑栏输入"=IF(G3>=20,D3+E3*1.3,D3+E3*1.1)"。将 H3 的自动填充柄向下拖曳。

（3）对数据列表中"部门工资"区域的数值采用"货币样式"，并调整列宽：从名称框选择"部门工资"，选择"格式|单元格格式"命令，在数字选项卡中进行设置。

（4）按图 7-1 制作图表并放置在 Sheet1 工作表的 A24:G38 位置。

① 选中 A2 单元格，然后按住<Ctrl>键，依次单击 A4、A6、A8、D2、D4、D6、D8、E2、E4、E6、E8 单元格。

② 单击工具栏中的"图表向导"按钮，在图表类型中选择"圆柱图"，在子图表类型中选择第二排第二个，单击两次"下一步"。

③ 在图表标题栏内输入"部分职工工资奖金"。单击"图例"标签，将图例位置设置在底部，单击"网格线"标签，取消主要网格线。单击"下一步"和"完成"按钮。

④ 将图表拖曳到 A24:G38 位置。

⑤ 双击图表空白处，在"图表区格式"对话框中选择"圆角"、"阴影"并确定。

2. 打开配套文件"excel_fl2_2.xls"，在 Sheet7 中按下列要求进行操作。

分析：

数据透视表能够将筛选、排序和分类汇总等操作依次完成，并生成汇总表格。"自动筛选"一般用于简单的条件筛选，筛选时将不满足条件的数据暂时隐藏起来，只显示符合条件的数据。

操作步骤：

（1）给职工李川加上批注"2009 年 3 月退休"。取消所有隐藏的行：选中所有行，单击右键在快捷菜单中选择"取消隐藏"。

（2）计算工龄、基本工资、奖金的平均值，并保留一位小数。

（3）计算"实发工资"："实发工资"＝"基本工资"＋"奖金"＋"工龄津贴"（其中"工龄津贴"："工龄"大于等于 25 的，"工龄津贴"为 150；"工龄"小于 25 而且大于等于 15 的，"工龄津贴"为 100；其余为 50）。

（4）利用工作表中的数据按图 7-2 所示在 A14:G23 区域制作带深度的三维柱形图表，并对图表的有关选项做适当修改。

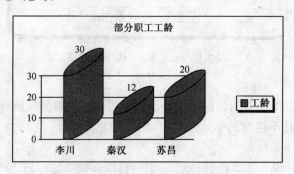

图 7-2　excel_fl2_2.xls 范例图表

① 选中 A2 单元格，然后按住<Ctrl>键，依次单击 D2、A3、D3、A6、D6、A8、D8 单元格。

② 单击工具栏中的"图表向导"按钮，在图表类型中选择"自定义类型"的"带深度的柱形图"，单击两次"下一步"按钮。

③ 在图表标题栏内输入"部分职工工龄"。单击"网格线"标签，选择数值（Z）轴的主要网格线。单击"下一步"按钮和"完成"按钮。

④ 将图表拖曳到 A14:G23 位置。

⑤ 右键单击柱形，选择"数据系列格式"，在"图案"选项卡下设置颜色为深红色，在"形状"选项卡下选择"4"，在"数据标志"选项卡下选择"显示值"并确定。

（5）利用工作表中的数据按图 7-3 所示在从 H3 开始的区域生成数据透视表，汇总方式按职称分别求平均基本工资、平均工龄。

职称 ▼	数据 ▼	汇总
副教授	平均基本工资	####.##
	平均工龄	####.##
工程师	平均基本工资	####.##
	平均工龄	####.##
讲师	平均基本工资	####.##
	平均工龄	####.##
教授	平均基本工资	####.##
	平均工龄	####.##
助教	平均基本工资	####.##
	平均工龄	####.##

图 7-3　excel_fl2_2.xls 范例数据透视表

① 选中数据区域的任一单元格，选择"数据|数据透视表和图表报告"，单击两次"下一步"按钮。

② 选择数据透视表的显示位置为"现有工作表"的 H3 单元格。

③ 选择"布局"，将"职称"拖放到"行"上，将"基本工资"和"工龄"拖放到"数据"区域，并修改汇总方式和字段，单击"确定"按钮后"完成"。

④ 对透视表中的数据格式进行设置，并隐藏相关数据。

【注意】样张中为数据透视表隐藏了部分行/列之后的效果。

（6）筛选出工资汇总表中职称为教授、副教授、讲师的所有职工（要求保留平均值行），并调整相应列宽。

① 选中除标题外的数据区域，选择"数据|筛选|自动筛选"命令。

② 自定义"职称"的筛选方式为"不等于工程师"与"不等于助教"，单击"确定"。

【注意】可通过建立条件区域，运用高级筛选完成复杂条件的筛选。

三、实训

打开配套的"excel2_1.xls"文件，按下列要求操作，将结果以文件名 excelsy2_1.xls 保存在自己的文件夹中。

（1）在 Sheet1 的 A12:I22 区域按图 7-4 所示建立圆角带阴影的圆锥图表，图表的背景为浅黄色，并将图表标题格式设置为粗楷体。

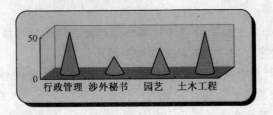

图 7-4　圆锥图表

（2）将 Sheet4 中的图表类型改为如图 7-5 所示的圆柱图表，并将 Sheet4 更名为"商场销售利润表"。

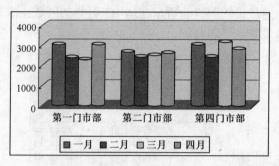

图 7-5　圆柱图表

（3）将 Sheet8 人事表中的数据以"职务"为主关键字，按经理、经理助理、柜组长和营业员次序排序，以"工资"为次要关键字升序排序。

【提示】对汉字的排序，Excel 按照单元格里第一个汉字的拼音顺序排序，此处要按"职务"大小排序可以通过多次排序实现。

（4）筛选出 Sheet2 工资统计表中上海、江苏两地业绩津贴小于 1 800 的所有职工（要求保留平均值行）。把筛选的结果复制到原来表格的下方，并恢复原表格。设置新表的标题为"上海、江苏两地，业绩津贴小于 1 800 的职工"，14 磅、字体加粗、黄色底纹，合并居中放置。

（5）利用 Sheet5 的数据按图 7-6 所示在"商场销售利润表"（Sheet4）的 H10 开始的区域生成数据透视表，汇总方式分别为公司计数、营收最大值，并对数据透视表添加"玫瑰红"底纹。

（6）保留 Sheet6 原来内容，在表的下方复制 Sheet6 中有关数据，按"班级"统计出各班的男女生人数及总人数，统计结果如图 7-7 所示。要求班级和性别都按递增方式排列，最后只显示统计数据。

所属国	数据	汇总
韩国	公司数：	3
	最大营收：	9567
荷兰	公司数：	1
	最大营收：	4040
美国	公司数：	4
	最大营收：	25683
日本	公司数：	5
	最大营收：	11360
中国	公司数：	3
	最大营收：	1532

图 7-6　数据透视表

班级	姓名	性别
	男 计数	5
	女 计数	10
1班 计数		15
	男 计数	6
	女 计数	6
2班 计数		12
	男 计数	9
	女 计数	4
3班 计数		13
	总计数	40
总计数		40

图 7-7　分类统计表

【提示】

① 分类汇总前，必须先按关键字进行排序。此处在排序对话框中设置"主要关键字"为"班级"，"次要关键字"为"性别"进行双重排序。

② 将光标定位到新表中，选择"数据|分类汇总"，在"分类汇总"对话框中设置"分类字段"为"班级"，"汇总方式"为"计数"，"选定汇总项"为"性别"，勾选"替换当前分类汇总"和"汇总结果显示在数据下方"复选框。"确定"后先按班级进行分类汇总。

③ 然后进行性别分类汇总：在"分类汇总"对话框中除设置"分类字段"为"性别"外，操作步骤同②，但要取消勾选"替换当前分类汇总"。

（7）计算 Sheet6 中的每位学生各课程的绩点数和他们的"平均绩点"。各课程的绩点数规定见 Sheet7；平均绩点为：∑（课程的学分数×取得该课程绩点数）/∑（课程的学分数的总和），计算结果保留一位小数。

（8）在 Sheet6 的 E100 处创建如图 7-8 所示的班级各地区学生平均绩点透视表，数字保留一位小数，按样张设置对齐格式，列宽为 10，并依据该透视表在 D106:H120 创建如图 7-9 所示的图表，添加图表标题"1-3 班各地区男女生人数统计图表"，字体格式为隶书、14 磅，加粉色面巾纸底纹。

班级各地区学生平均成绩点透视表			
平均值项:平地区 ▽			
班级 ▽	江苏	上海	浙江	总计
1班	#.#	#.#	#.#	#.#
2班	#.#	#.#	#.#	#.#
3班	#.#	#.#	#.#	#.#

图 7-8　平均绩点透视表

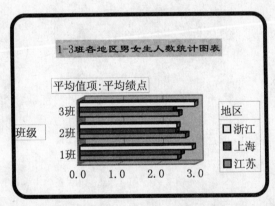

图 7-9　平均绩点图表

（9）在 Sheet6 的 J100 处创建如图 7-10 所示的班级各地区男女生人数透视表，列宽为 10，并依据该透视表在 J109:N130 创建如图 7-11 所示的彩色堆积图（自定义类型），添加图表标题"1-3 班各地区男女生人数统计图表"，字体格式为方正舒体、16 磅，黄色。

班级各地区男女生人数透视表					
计数项:性别		地区 ▽			
班级 ▽	性别 ▽	江苏	上海	浙江	总计
1班	男	#	#	#	#
	女	#	#	#	#
2班	男	#	#	#	#
	女	#	#	#	#
3班	男	#	#	#	#
	女	#	#	#	#

图 7-10　各地区男女生人数透视表

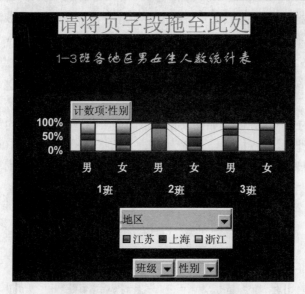

图 7-11　各地区男女生人数统计图表

　　（10）将 Sheet6 表中的数据表按班级升序，同一班级按地区升序，同一地区按平均绩点降序重新排列。

实验 8 PowerPoint 操作

一、实验目的

1. 掌握 PowerPoint 中幻灯片编辑和幻灯片外观的设置。
2. 掌握 PowerPoint 中动画的设置。
3. 掌握 PowerPoint 中超级链接、动作的设置。
4. 掌握 PowerPoint 中幻灯片放映方式的设置。

二、实验范例

打开配套的"ppt_fl1_1.ppt"文件，按下列要求和图 8-1 所示样式进行操作。

图 8-1   ppt_fl1_1.ppt 幻灯片样张

分析：

PowerPoint 是以幻灯片形式表现的演讲文稿，通过幻灯机或投影仪在大屏幕上放映，使演讲与文稿的报告效果更好。

操作步骤：

（1）幻灯片套用"商务计划.ppt"模板：选择"格式|幻灯片设计"命令，在任务窗格中通过"浏览"选择模板。（在 Microsoft Office\Templates\2052 文件夹中）

（2）将所有幻灯片各级标题的文本字号均减小 10 个字号，将二级标题的项目符号设置成黄色，大小为 60%的"●"。

① 选择"视图|母版|幻灯片母版"命令，将光标定位到幻灯片母版的第一层，修改字号。用同样方式设置其他四层文本字号。

② 将光标定位到幻灯片母版的第二层，选择"格式|项目符号和编号"命令，选择"●"符号并设置大小和颜色。

③ 在"幻灯片母版视图"工具栏选择"关闭母版视图"。

（3）除标题幻灯片外，给每张幻灯片加上编号和页脚"上海师范大学天华学院 学号姓名"。切换到母版视图，选中"幻灯片母版"，选择"视图|页眉和页脚"，在页眉和页脚对话框中设置。

（4）在第 2 张幻灯片右上角适当位置插入图片"pic1.jpg"，并将其高、宽设置为原来的30%。

（5）将第 3 张幻灯片中的文本《驴皮记》、《人间喜剧》、《高老头》降一级。选中《驴皮记》前的项目符号"·"向右拖曳，当出现"|"时松开鼠标将项目符号改成"−"。用相同方式将《人间喜剧》和《高老头》降一级。

【注意】项目符号降级可以通过拖曳的方式，也可以通过选中项目符号，单击大纲工具栏的"降级"按钮 完成。

（6）将图片"pic3.jpg"设置为最后一张幻灯片的背景，主体文本的行距设置为 2 行。将光标置于最后一张幻灯片，选择"格式|背景"命令，设置填充效果为图片的背景填充。

（7）将幻灯片 1 中的副标题"作者：雨果"超级链接到幻灯片 4；在幻灯片 4 的右下角加上"右弧形箭头"，超级链接到幻灯片 1。

① 选中幻灯片 1 中的副标题"作者：雨果"，选择"插入|超链接"命令，在"编辑超链接"对话框中选择本文档中的幻灯片 4。

② 选中幻灯片 4，在绘图工具栏选择"自选图形|箭头汇总"，在弹出菜单中选择"右弧形箭头"，其他步骤与前面相同，为"右弧形箭头"设置超级链接到幻灯片 1。

（8）对第 2 张幻灯片设置自定义动画，将标题设置为鼠标单击时"从上部缓慢进入"，将主体文本设置为在前一事件后 1 秒自动播放，动画效果为：右侧飞入，整批发送。

（9）将第 5、6 张幻灯片设置为放映时以"溶解"慢速方式切换，其他幻灯片在演示中以中速"盒状展开"的方式切换，设置全部幻灯片以每页显示 5 秒的方式自动换页。

三、实训

1. 打开配套的"ppt1_1.ppt"文件，按下列要求和图 8-2 所示样式进行操作，将结果以文件名 pptsy1_1.ppt 保存在自己的文件夹中。

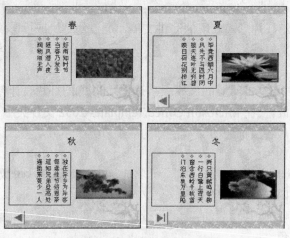

图 8-2　第 2～5 张幻灯片样张

（1）将幻灯片模板改为"诗情画意"；将所有幻灯片设置为：鼠标单击慢速以"新闻快报"的切换效果展现。

（2）插入版式为"标题幻灯片"的新幻灯片作为演讲文稿的封面，该封面的主标题为"多彩的四季"，字体为隶书、红色、60磅。

（3）设置第2～5张幻灯片的主体文本为竖排，并对主体文本加3磅红色双实线边框线。

【提示】切换到幻灯片母版，选中主体文本框，选择"格式|占位符"命令，在"设置自选图形格式"对话框中选择"颜色和线条"选项卡，设置线条颜色和样式；在"文本框"选项卡中选择"将自选图形中的文字旋转90°"复选框。

（4）在第3～4张幻灯片的左下角添加"后退"动作按钮，按钮的尺寸为高2.5cm，宽2.5cm，单击鼠标时超链接到上一张幻灯片。

（5）在第5张幻灯片的左下角添加"结束"动作按钮，动作按钮的高、宽均为2.5cm，并设置鼠标移过该按钮结束放映，设置单击右侧图片超链接到第1张幻灯片。

2．打开配套的"ppt1_2.ppt"文件，按下列要求和图8-3所示样式进行操作，将结果以文件名pptsy1_2.ppt保存在自己的文件夹中。

图8-3　第1～4张幻灯片样张

（1）将幻灯片模板设置为"Fireworks"。

（2）将第2张幻灯片中四大区名：赛车场区、商业博览区、文化娱乐区、发展预留区，分别超链接到相对应标题的幻灯片，并设置"强调文字和尾随超链接"颜色为黄色。

【提示】选择"格式|幻灯片设计"命令，在任务窗格中通过"编辑配色方案"设置强调文字和尾随超链接颜色。

（3）第3～6张幻灯片右下角插入"闪电形"自选图形，并将动作设置为超链接到第2张幻灯片。

（4）在第1张幻灯片上，插入map01.gif图片，并对该幻灯片选用"擦除"动画方案。

（5）在每张幻灯片上显示播放日期、编码和"天华学院某某某（你的真实姓名）编制"。

【提示】在母版中进行编辑。

（6）对第3张幻灯片中文字"赛道"设置鼠标单击超链接到pptsy1_1.ppt。

实验 9　Photoshop 基本操作一

一、实验目的

　　1. 熟悉 Photoshop 工作界面。
　　2. 掌握 Photoshop 工具箱中选择类工具、填充工具组、文字工具组和图章工具组的操作方法，掌握 Photoshop 选择菜单的使用。
　　3. 理解 Photoshop 图层的功能，掌握图层的基本操作方法。

二、实验范例

　　1. 利用选择工具、渐变工具、变形制作如图 9-1 所示样张中的圆柱体和圆锥体，并以"psfl1_1.jpg"为名保存。
　　分析：
　　圆柱体的图形可以用矩形和椭圆组成，填充线性渐变色产生立体效果。类似地，圆锥的图形可用三角形和椭圆实现。

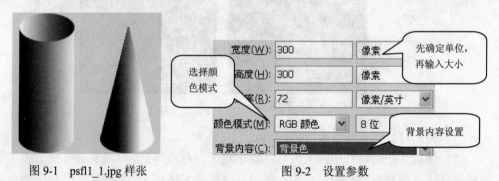

图 9-1　psfl1_1.jpg 样张　　　　　　　　图 9-2　设置参数

　　操作步骤：
　　（1）新建大小为 300×300 像素，背景黄色（R=255，G=255，B=0），分辨率为 72 像素/英寸的 RGB 图像，如图 9-2 所示。
　　【注意】用<Ctrl>+N 组合键可出现"新建"对话框。在 Photoshop 空白处双击可出现"打开"对话框。
　　（2）制作圆柱体：先利用矩形选框画一个矩形，再用椭圆选框添加选区的方法画出圆柱体的下弧线，然后填充线性渐变色，再用椭圆选框画出圆柱体的顶，反向填充线性渐变色，如图 9-3 和图 9-4 所示。
　　【注意】用"视图|显示|网格"（<Ctrl>+"组合键）或"视图|标尺"（<Ctrl>+R 组合键）定位。

（3）制作圆锥：先作矩形选区，用"编辑|变换|透视"命令改成三角形，再用椭圆选框添加选区，填充线性渐变色。

（4）选择"文件|存储为"命令，在对话框的"格式："下拉列表框中选择"JPEG(*.jpg; *.JPEG;*.JPE)"，在"文件名："文本框中输入"psfl1-1"，单击"保存"按钮。

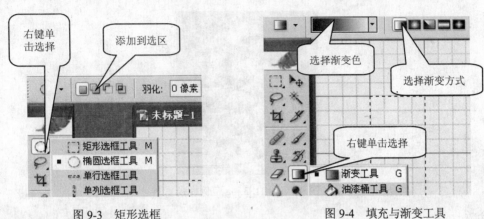

图 9-3　矩形选框　　　　　　　　　图 9-4　填充与渐变工具

2. 利用文字工具、填充、图层等制作如图 9-5 所示的文字效果，并以"psfl1_2.jpg"为名保存。

分析：

利用文字蒙版工具建立字形选区，并通过新建图层对 2 个图层设置填充和图层样式（阴影与斜面和浮雕样式）产生立体效果。

操作步骤：

（1）新建一大小为 400×200 像素，背景为透明的 RGB 图像文件。

（2）利用横排文字蒙版工具，字体设置为华文行楷，字号设置为 72pt，在图像文件中输入文字"出鞘文字"。

【注意】可使用椭圆选框工具移动文字选区的位置。

（3）设置前景色为红色，背景色为白色，为文字选区填充前景色。

（4）新建一图层，在图层 2 中选择"选择|修改|扩展"命令，将选区扩展 2 像素，并填充背景色。

（5）取消选择，分别给图层 1、图层 2 应用内阴影与斜面和浮雕样式，如图 9-6 所示。

图 9-5　psfl1_2.jpg 范例样张　　　　　　图 9-6　指定样式

【注意】填充前景色可使用油漆桶、<Alt>+<Del>组合键、"编辑|填充"命令；填充背景色可使用<Ctrl>+<Del>组合键、"编辑|填充"命令；取消选择可使用"选择|取消选择"命令、<Ctrl>+D 组合键。

（6）在图层 2 中使用矩形选框工具选取文字上半部分，按<Del>键删除，取消选择并选择"文件|存储为"命令，保存文件。

3．利用魔术棒工具、移动工具、橡皮擦工具、文字工具等制作如图 9-7 所示效果，并以"psfl1_3.jpg"为名保存。

图 9-7　psfl1_3.jpg 范例样张

分析：

弹簧的背景色非常均匀、统一，使用魔术棒工具最方便。对文字设置变形并描边。

操作步骤：

（1）打开配套文件"spring.jpg"和"skyman.jpg"。

（2）利用魔术棒工具选取"spring.jpg"的背景白色部分，使用"选择|反选"命令选中弹簧。

（3）利用移动工具将弹簧移动至"skyman.jpg"文件中并调整位置，用橡皮擦工具擦去人后面的弹簧。

【注意】移动工具可移动选区和图层，使用移动工具移动对象时按住<Alt>键可复制对象。

（4）设置文字"跳跃"为方正舒体、48pt，加"旗帜"的变形，并用 3 像素的白色描边，中间设置为透明。选择"文件|存储为"命令，保存文件。

【注意】对文字图层进行描边使用"图层|图层样式"命令或在图层面板中单击"添加图层样式"按钮，对选区进行描边使用"编辑|描边"命令。

三、实训

1．新建 640×480 像素、背景色为#B7804A 的画布，打开配套的"thz.jpg"和"ths.jpg"，利用选框工具（设置选区羽化 10 像素）和文字工具（方正舒体、白色、30pt）制作如图 9-8 样张所示的效果，结果以"pssy1_1.jpg"为文件名保存。

2．打开配套文件"蝴蝶.jpg"和"世界名兰.jpg"，利用仿制图章工具将蝴蝶复制到世界名兰中，制作如图 9-9 所示样张的效果，结果以"pssy1_2.jpg"为文件名保存。

【提示】选择仿制图章工具，按住<Alt>键单击蝴蝶，在兰花右上方涂抹。

3．打开配套文件"显示器.jpg"和"水果.jpg"，将水果覆盖到显示器上，通过"编辑|变换|斜切"命令，使水果嵌入显示器的屏幕中，最终效果如图 9-10 所示，结果以"pssy1_3.jpg"为文件名保存。

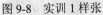

图 9-8　实训 1 样张

图 9-9　实训 2 样张

图 9-10　实训 3 样张

【提示】变换完成后需要双击鼠标或按<Enter>键应用变换。

4. 打开配套文件"雕塑.gif"，利用套索工具，反选、使用羽化命令制作如图 9-11 所示的效果，结果以"pssy1_4.jpg"为文件名保存。

【提示】对图像选区进行羽化，并对选区外的部分填充白色。

① 选择"图像|模式|RGB 颜色"命令，将图像模式调整为 RGB。

② 利用套索工具围绕雕塑建立一选区，将选区羽化 20 像素。

③ 新建图层，反选后，用白色填充新图层。

④ 选择横排文字工具，文字大小设置为 60 点，文字字体设置为"华文行楷"，并输入文字。

5. 打开配套文件"girl.jpg"、"voilin.jpg"和"beach.jpg"，利用磁性套索和不透明度制作如图 9-12 所示的效果，结果以"pssy1_5.jpg"为文件名保存。

图 9-11　实训 4 样张

图 9-12　实训 5 样张

【提示】倒影是通过复制图层，并对图层不透明度进行修改来实现的。

① 利用磁性套索工具分别选取女孩和小提琴图像，移至 bench。调整女孩大小并设置 75%的不透明度。

② 复制小提琴图层，通过垂直翻转、自由变换、设置 50%的不透明度制作倒影效果。

③ 设置文字为方正姚体、白色、48pt。

6. 打开配套文件"集体照.jpg"，利用选区工具、填充工具、收缩命令等制作如图 9-13 所示的金属像框，结果以"pssy1_6.jpg"为文件名保存。

【提示】

① 新建一个 400×300 像素、背景为白色的 RGB 图像。

② 新建图层，用矩形选框工具建立一选区，并从左上角到右下脚填充黑到白的线性渐变。将选区收缩 10 像素，并从左上角到右下脚填充白到黑的线性渐变。

③ 将选区收缩 10 像素，删除选区内的图像并取消选择。在图层 1 中应用距离为 10 的

阴影样式和斜面与浮雕样式。

④ 将集体照的内容放于像框中，通过自由变换改变图像大小。

7. 打开配套文件"redflower.gif"和"forest.jpg"，利用图像颜色模式变换、文字工具，制作如图 9-14 所示的效果，结果以"pssy1_7.jpg"为文件名保存。

图 9-13 实训 6 样张　　　　图 9-14 实训 7 样张

【提示】

① 将"forest.jpg"的图像模式调整为"灰度"，并通过"动作"面板加"木质边框-50像素"拼合图层。将"redflower.gif"的图像模式调整为"RGB 颜色"。

② 将带框 forest 复制到 redflower，缩小到原来的 20%并旋转一定角度。

③ 设置文字"花正红"为黑体、60pt，加"旗帜"的变形，并用 2px 的黄色描边，中间透明。

8. 利用横排文字蒙版工具、描边命令、高斯模糊滤镜等制作如图 9-15 所示的霓虹灯效果字，结果以"pssy1_8.jpg"为文件名保存。

图 9-15 实训 8 样张

【提示】

① 新建一个 400×200 像素黑色背景图像。

② 新建图层 1，利用"横排文字蒙版工具"在图层 1 上输入蒙版文字"welcome"，大小为 60 点，字体为 Eras Bold ITC。

③ 新建图层，选择"编辑|描边"命令，设置 2 像素红色居外描边，取消选区。

④ 选择"图层|复制图层"命令，建立图层 1 副本。

⑤ 选中图层 1，选择"滤镜|模糊|高斯模糊"，设置半径为 5 像素。

⑥ 选中图层 1 副本，选择"滤镜|模糊|高斯模糊"，设置半径为 2 像素。

实验 10 Photoshop 基本操作二

一、实验目的

1. 理解图层蒙版功能，掌握其基本操作方法。
2. 掌握滤镜基本操作方法，了解常用滤镜的效果。
3. 掌握 Photoshop 中"编辑"、"图像"和"图层"等常用菜单中的命令。

二、实验范例

1. 以 sunflower.jpg 和 yugang.jpg 为素材，利用蒙版技术，制作如图 10-1 所示的印花玻璃缸效果，并以"psfl2_1.jpg"为文件名保存。

分析：

用选区工具选择出鱼缸的形状，利用图层蒙版去掉鱼缸形选区外的花朵，设置图层透明度让花的颜色变淡。

操作步骤：

（1）打开配套文件"sunflower.jpg"和"yugang.jpg"。

（2）将葵花移动至"yugang.jpg"文件中，使其大小能罩住金鱼缸，则自动建立一个图层。

（3）在鱼缸图层中用磁性套索工具选取鱼缸边缘。转到葵花图层插入蒙版，执行这一步时，由于图像中有一选区，所以添加蒙版后，选区内的内容完全显示而选区外的内容完全被遮蔽，如图 10-2 所示。

（4）调整花纹的透明度，使金鱼缸可见（将填充不透明度调到 20%），如图 10-2 所示。选择"文件|存储为"命令，保存文件。

图 10-1   psfl2_1.jpg 样张

图 10-2   插入蒙版

【注意】 用磁性套索选取选区时，可调高频率值获取精确的边缘效果。

2. 以"shi.jpg"和"tian.jpg"为素材，利用蒙版和渐变工具，制作如图 10-3 所示的效果,并以"psfl2_2.jpg"为文件名保存。

分析：

对图层蒙版填充黑白渐变，可以制作出 2 幅图片融合在一起的朦胧效果。对文字添加斜面浮雕图层样式可以产生立体效果。

操作步骤：

（1）打开配套文件"shi.jpg"和"tian.jpg"。

（2）将图"tian.jpg"覆盖到"shi.jpg"上，调整图片大小及图层顺序。

（3）在石头这一图层添加图层蒙版，在蒙版图层中加径向渐变的填充效果，如图 10-4 所示。

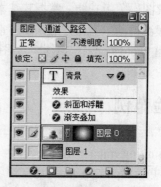

图 10-3　psfl2_2.jpg 样张　　　　图 10-4　添加径向渐变填充效果

（4）加入文字图层（大小为 60 点，方正舒体），对文字层添加"斜面浮雕"和"紫色、橙色渐变"叠加效果。选择"文件|存储为"命令，保存文件。

3．利用文字工具、波纹滤镜和极坐标滤镜制作如图 10-5 所示的风吹湖面效果，并以"psfl2_3.jpg"为文件名保存。

分析：

主要运用了波纹滤镜和风滤镜。

操作步骤：

（1）打开配套文件"湖水.jpg"。

（2）选择"滤镜|扭曲|波纹"命令，设置数量为 80，大小为"小"，制作波纹效果。

（3）用横排文字工具输入"风吹湖水皱"，创建"波浪"变形文字，水平弯曲 50%，3 像素白色居外描边。

（4）选择"滤镜|风格化|风"命令，在风对话框中选择"风"，方向"从右"。最终效果如图 10-5 所示。选择"文件|存储为"命令，保存文件。

4．利用"图像"和"图层"菜单、填充工具等为图像增加宽度为 20 像素的"枕状浮雕"外边框，如图 10-6 所示，并以"psfl2_4.jpg"为文件名保存。

分析：

要使图像向外扩张，必须扩大画布，然后对填充色添加浮雕图层样式。

操作步骤：

（1）打开配套文件"oz.jpg"。

（2）选择"图像|画布大小"，在画布大小对话框中将宽度、高度各增加 40 像素。

（3）新建图层，选中白色边框区域并填充为#F0DC00 色，添加"枕状浮雕"的图层样式。

（4）选择"文件|存储为"命令，保存文件。

图 10-5　psfl2_3.jpg 样张　　　　　　图 10-6　psfl2_4.jpg 样张

三、实训

1．打开 photoshop 自带文件"鲜花.psd"，利用文字蒙版工具制作花纹字，如图 10-7 所示，结果以"pssy2_1.jpg"为文件名保存。

【提示】对鲜花图层添加文字蒙版，使文字笔迹处保留鲜花，即蒙版中文字为白色，除文字以外区域为黑色，黑色区域为下一图层内容。

① 将"标题"图层删除，删除图像中的文字。执行"图层|拼合图层"命令，将其余图层合并，双击合并后的图层，将它由背景层转换为普通层。

② 选择"横排文字蒙版工具"，设置字体为"隶书"，字体大小为 240 点，在图层 0 中输入文字"鲜花"。

③ 单击"选框工具"，退出文字蒙版状态，将文字选区移动到合适的位置。

④ 单击图层调板上的"添加图层蒙版"按钮，为图层添加蒙版。

⑤ 新建一图层，用白色填充该图层后，将它移动到最下一层，如图 10-8 所示。选择"文件|存储为"命令，保存文件。

图 10-7　实训 1 样张　　　　　　图 10-8　各图层效果

2．打开配套文件"t.jpg"和"s.jpg"，通过添加图层蒙版的方法，制作如图 10-9 所示的效果，结果以"pssy2_2.jpg"为文件名保存。

【提示】两张图片分别位于上下两个图层，对上面图层添加蒙版，使一部分图片变透明。

① 将"s.jpg"移至"t.jpg"，并将石狮水平翻转。

② 在图层 1 上添加图层蒙版，并添加由白到黑的线形渐变，使最终效果如图 10-9 所示。

3．打开配套文件"夜景.jpg"，利用渐变工具、文字工具和图层蒙版制作如图 10-10 所示的朦胧效果，并将结果以"pssy2_3.jpg"为文件名保存。

【提示】利用白色图层和填充有径向渐变的图层蒙版。

图 10-9　实训 2 样张

① 双击图层面板中的背景层，将其转换为普通图层"图层 0"。

② 为图层 0 添加图层蒙版，在图层蒙版上做从白色到黑色的径向渐变。

③ 新建图层 1，用白色填充图层 1 后拖动到图层 0 之下。

④ 选择图层 0，利用文字工具在其上添加文字"夜上海"，字体为"华文行楷"，大小为 36 点，颜色为红色。

4．打开配套文件"ye.jpg"和"hei.jpg"，利用添加图层蒙版、收缩选区等方法制作如图 10-11 所示的效果，并将结果以"pssy2_4.jpg"为文件名保存。

图 10-10　实训 3 样张

图 10-11　实训 4 样张

【提示】利用图层蒙版实现上下两个图层的窗口效果。

① 将图"hei.jpg"覆盖在图"ye.jpg"上，调整位置。

② 隐藏图层 1，利用套索工具围绕枫叶建立一选区，并通过"选择|修改|收缩"命令将该选区收缩 5 像素。

③ 取消图层 1 的隐藏，为该图层添加图层蒙版。

5．新建一大小为 400×250 像素，背景为白色的图像文件，利用文字工具、自由变换命令、"高斯模糊"滤镜制作如图 10-12 所示倒影字效果，并将结果以"pssy2_5.jpg"为文件名保存。

【提示】倒影可通过复制文字图层，并对其进行修改来实现。

① 将前景色设置为蓝色，在工具栏中选中"横排文字工具"，将字体设置为宋体，字号设置为 72，输入文字"天华学院"并复制当前图层。

② 利用"编辑|自由变换"命令调整"天华学院"图层的大小和倾斜程度，选择"图层|栅格化|图层"命令，将文本层转换为普通图层。

③ 选择"滤镜|模糊|高斯模糊"菜单命令，在弹出的对话框中将模糊半径设置为 1.5。

6．打开配套文件"蓝色妖姬.jpg"，利用磁性套索工具、滤镜菜单等制作如图 10-13 所示的背景图像动感效果，并将结果以"pssy2_6.jpg"为文件名保存。

【提示】花朵没有变模糊，说明不能对整幅图做变换，而是要将花朵选择出来再添加滤镜。

① 选择"磁性套索工具"，沿花和周围叶子的边沿建立选区。

② 执行"滤镜|锐化|USM 锐化"菜单命令，将花锐化。

③ 执行"选择|羽化"命令，在弹出的对话框中设置羽化半径为 10 像素。

④ 执行"选择|反选"命令，将选区反转。

⑤ 执行"滤镜|模糊|径向模糊"命令，在径向模糊对话框中设置"数量"为 30，"模糊方法"为"缩放"，品质为"好"。

7. 打开配套文件"古诗.jpg"，利用椭圆选框工具、自由变换命令、渐变工具、"球面化"滤镜等制作如图 10-14 所示放大镜效果，并将结果以"pssy2_7.jpg"为文件名保存。

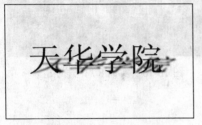

图 10-12　实训 5 样张　　　　图 10-13　实训 6 样张　　　　图 10-14　实训 7 样张

【提示】

① 击图层调板中背景层缩略图，将其转换为普通层。

② 照样张在图像中建立一圆形选区，利用自由变换命令将选区放大（放大时按住<Alt>+<Shift>键拖动矩形框的一角，使图像按比例放大且圆心不变）。

③ 选择"滤镜|扭曲|球面化"命令，将"数量"设置为 90%。

④ 选择"选择|修改|扩展"命令，使选区扩大 5 像素。

⑤ 选择"选择|修改|边界"命令，在对话框中设置大小为 10 像素，得到一个宽度为 10 像素的圆环状选区。

⑥ 保持选区不变，新建一个图层"图层 1"，选择渐变工具，渐变颜色为"铬黄渐变"，渐变类型为线性渐变，从圆环选区的左上方至右下方拖动鼠标，得到如样张所示渐变效果。

⑦ 新建"图层 2"，在图层 2 上画出一个矩形区域，用样张所示渐变效果填充选区。

⑧ 新建"图层 3"，在图层 3 上画出一个椭圆选区，同样进行渐变填充。利用"自由变换"命令调整图层 2 和图层 3 的大小和位置，然后合并，得到放大镜的手柄。

8. 新建一大小为 600×250 像素、72 像素/英寸、背景为黑色的 RGB 图像文件，利用文字工具、描边命令、模糊、扭曲、风格化等滤镜制作如图 10-15 所示光芒四射的特效字组，并将结果以"pssy2_8.jpg"为文件名保存。

【提示】

① 用蒙版文字工具写入"Shanghai"，字体为"Arial black"，大小为 70pt，在选中字体的情况下，使用选项栏上的"创建变形文字"按钮为文字添加"波浪"样式，弯曲+35%。

② 单击"选框工具"，将文字选区移动到图像的中心位置，选择"编辑|描边"命令，设置 4 个像素宽度描边，然后"选择|取消选择"。

③ 选择"滤镜|模糊|高斯模糊"命令，将"半径"设置为 1 像素。

④ 选择"滤镜|扭曲|极坐标"命令，从"极坐标变换到平面坐标"，变形一次。

⑤ 选择"图像|旋转画布|90 度（逆时针）"命令，将画布旋转 90 度。

⑥ 选择"滤镜|风格化|风"命令，从左到右，连做两次以加强风格化效果。

⑦ 选择"图像|旋转画布|90 度（顺时针）"命令，将画布旋转−90 度。

⑧ 选择"滤镜|扭曲|极坐标"命令，从"平面坐标变换到极坐标"，变形一次。

【思考】

如要达到图 10-16 的效果该如何处理？（提示：描边改用黄色，先存储文字选区，完成后再导入选区，用白色描边）

图 10-15 实训 8 样张   图 10-16 实训 8 思考样张

实验11   Flash 基本操作一

一、实验目的

1. 了解熟悉 Flash 的工作界面，会使用各种工具、面板、菜单等。
2. 熟悉逐帧动画的制作。
3. 掌握简单的形状渐变动画的制作方法。
4. 掌握简单的运动渐变动画的制作方法。
5. 理解图层概念，掌握图层基本操作。

二、实验范例

1. 利用实验配套文件制作一个如图 11-1 所示的鲸鱼跳跃的逐帧动画，效果如样例 y11_1.swf 所示，将结果保存为 flasf_fl1_1.fla，并导出影片为 flasf_fl1_1.swf。

图 11-1   鲸鱼跳跃的逐帧动画

分析：
逐帧动画就是在一系列连续的关键帧内插入不同的元素对象。
操作步骤：
（1）启动 Flash，新建一 Flash 文档。设置文档属性：宽 177px，高 160px，帧频 15fps。
（2）选择"文件|导入|导入到库"命令，将实验配套系列图像（whale 文件夹中 whale01.jpg～whale08.jpg 共 8 个文件）导入到库。用"窗口|库"命令（快捷键<Ctrl>+L），打开库面板，查看导入的图像。
（3）右击时间轴的第 3 帧，在快捷菜单中选择"插入空白关键帧"命令。将库窗口中的 whale01 图像拖曳到工作区中；打开"对齐"面板调整图像的位置，设置图像相对于舞台水平中齐、垂直中齐。
（4）重复步骤（3），用同样的方法，将图像 whale02.jpg～whale08.jpg 分别放置到关键帧 5、7、9、11、13、15、17 上。
（5）选择"控制|播放"命令（快捷键<Ctrl>+<Enter>），观看影片播放效果。
（6）选择"文件|另存为"命令，保存 Flash 文档为 flasf_fl11_1.fla。选择"文件|导出|导出影片"命令导出影片 flasf_fl1_1.swf。

2. 制作一个形变动画, 红色文字"你幸福"形变到蓝色文字"我快乐", 效果如样例 y11_2. swf 所示, 将结果保存为 flasf_fl1_2.fla, 并导出影片为 flasf_fl1_2.swf。

分析:

形变动画中参与动画的对象必须是矢量图(形状), 不得使用元件。对于输入的文本, 可以通过"修改|分离"命令, 将文字打散, 转化为矢量图。

操作步骤:

(1) 新建一个 Flash 文档。在第 1 帧处输入文字"你幸福", 设置为 60 磅红色楷体, 根据样例调整放置位置; 类似地, 在第 20 帧处插入空白关键帧, 输入文字"我快乐", 设置为 60 磅蓝色楷体, 并调整到适当位置。

(2) 选择"修改|分离"命令, 将文字打散, 转化为矢量图。文字打散的过程如图 11-2 所示(需要选择"分离"命令 2 次)。

图 11-2　文字打散的过程

(3) 设置第 1、20 关键帧的"补间"为"形状"。

(4) 调试后选择"文件|导出|导出影片"命令导出影片 flasf_fl1_2.swf。

3. 利用实验配套文件"风扇.fla"制作如图 11-3 所示的有 3 片叶子的电扇转动的动画, 效果如样例 y11_3.swf 所示, 将结果保存为 flasf_fl1_3.fla, 并导出影片 flasf_fl1_3.swf。

图 11-3　电扇转动动画

分析:

要让 3 片叶子一起协调旋转, 可以将其组合成一个元件。为使各元件互不干扰, 应让转动的叶、罩、座各占一个图层, 并需注意图层的上下顺序。

操作步骤:

(1) 调整舞台大小为宽 400 像素, 高 400 像素, 背景色为淡黄(FFFF99)。

(2) 打开库面板, 在第 1 帧处用元件"叶"制作电风扇: 3 片叶中心对齐, 选择"修改|变形|缩放和旋转"命令将其他 2 片分别转过+120 和−120, 并将叶尖汇合在轴的位置, 组合后转换为元件"扇"保存到"库", 此时第 1 帧的内容就是电风扇。

(3) 在第 30 帧处插入关键帧, 即把 1~30 帧均设置为相同内容, 中间以"动作"补间, 顺时针旋转 3 次。双击层命名, 把该层重命名为"扇"。

(4) 在"扇"层下面新建一层, 放入元件"座", 双击层命名, 把该层重命名为"座"。

(5) 在"扇"层上面新建一层, 放入元件"罩", 双击层命名, 把该层重命名为"罩"。

（6）另加一个图层，用自己的姓名学号替换"样例"两字。调试后导出影片。

4．利用实验配套文件制作火箭发射的动画，先出现倒计时画面，然后火箭发射升空，效果如样例 y11_4.swf 所示，将结果保存为 flasf_fl1_4.fla，并导出影片 flasf_fl1_4.swf。

分析：

图 11-4 所示的倒计时画面只需逐个显示数字，不需要补间动画。每个数字停留的帧数由动画的帧频×1 秒得到。绘制的月亮、太阳是形状，用形状补间动画。火箭发射使用动作补间动画。

图 11-4　倒计时画面

操作步骤：

（1）新建一 Flash 文档，设置文档背景色为#0099FF，帧频为 5fps。

（2）在图层 1 上制作计数器，使得屏幕上每隔 1 秒（这里等于 5 帧），以 Arial Black 字体显示数字 1、2、3、4、5，大小为 100 磅，颜色为白色，相对于舞台居中。

（3）用复制帧、粘贴帧和翻转帧的方法制作倒计时效果。

（4）插入图层 2，在图层 2 的第 1 帧处作黄色的月亮：选择"椭圆工具"，无笔触颜色，填充色为黄，按住<Shift>键作正圆，用#FF6633 橙色的圆选在黄色的圆斜上方，再删除此橙色的圆，便构成弯弯的月亮。

【注意】墨水瓶工具用来填充笔触颜色，颜料桶工具用来填充填充色。

（5）在图层 2 的第 11 帧处（第 3 秒时）插入空白关键帧，作橙色的圆代表太阳，并延续到 20 帧。在 1～10 帧中间插入"形状"补间。

（6）将"火箭.gif"和"发射场.jpg"两幅图片导入到库。

（7）插入图层 3，在该层的第 21 帧处插入空白关键帧，将库中的"发射场"图片拖入舞台对齐，静止帧延续到第 55 帧。

（8）插入图层 4，在该层的第 21 帧处插入空白关键帧，再从库中拖入"火箭"图片，在第 46 帧和第 55 帧处分别插入关键帧，第 46 帧对应于发射时刻，第 55 帧对应于升空出界，在其间作"动作"补间。

（9）调整各图层如图 11-5 所示，调试后导出影片。

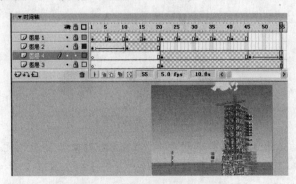

图 11-5　火箭发射的时间轴图

三、实训

1. 新建一 Flash 文档，设置舞台大小为 125×120 像素，制作如图 11-6 所示的蝴蝶振翅的逐帧动画，效果如样例 fy1_1.swf 所示，将结果导出为影片 sy1_1.swf。

图 11-6 蝴蝶振翅

【提示】

① 将 hudie 文件夹中 b1.gif～b5.gif 5 幅图片导入到库，分别在第 1～5 帧放入图片。

② 用复制帧和粘贴帧的方法在第 6～9 帧放入以中间相对称的图片。

2. 新建一 Flash 文档，制作一个大小为 100 的红渐变色字母 A 到蓝渐变色 B，到绿渐变色 C，再回到彩虹色 A 的形变动画，效果如样例 fy1_2.swf 所示，导出影片 sy1_2.swf。

【提示】形状补间动画需要将字母打散 1 次变成矢量。

① 设置舞台大小为宽 150 像素、高 150 像素，背景为黄色。

② 在第 1 帧输入 A，在第 11 帧插入空白关键帧，输入 B，在第 21 帧插入空白关键帧，输入 C，在第 31 帧输入 A，持续到第 40 帧。

③ 选中各字母后按<Ctrl>+B 或使用"修改|分离"命令，将字符转为矢量。分别用相应颜色填充各字符，并在各关键帧之间插入"形状"补间。

3. 新建一 Flash 文档，制作文字变形动画，文字"绿化祖国"变形为"造福后代"，效果如样例 fy1_3.swf 所示，导出影片 sy1_3.swf。

【提示】形状补间动画需要将文字打散 2 次变成矢量。

① 设置舞台背景色为#9999ff，速度为 10fps。

② 在第 1 帧处输入相对舞台居中的文字"绿化祖国"，华文行楷、120 磅。将文字分离，分别用黑色笔触颜色和彩色填充色进行填充。

③ 在第 6 帧处插入关键帧，在第 25 帧处插入空白关键帧并输入"造福后代"，设置同②。在第 30 帧处插入帧。

④在第 6～25 帧间插入"形状"补间。

4. 制作如图 11-7 所示的钟摆动画，效果如样例 fy1_4.swf 所示，导出影片 sy1_4.swf。

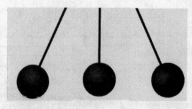

图 11-7 钟摆动画

【提示】钟摆运动是来回旋转，旋转动画中的旋转对象需要采用元件，元件中心为旋转中心。钟摆可用直线和圆组成，然后转换为元件，使用变形工具将元件中心移到钟摆的顶部。将该元件放在 3 个关键帧实现摆动。

5. 打开实验配套文件"让世界充满爱.fla"，制作如图 11-8 所示动画，文字按打字效果逐个出现，效果如样例 fy1_5.swf 所示，导出影片 sy1_5.swf。

图 11-8　打字效果动画

【提示】

① 将库中的红心拖入舞台，在第 6 帧处插入关键帧，将文字元件拖入舞台，分离出"让"字，调整其位置和角度。

② 在第 11 帧处插入关键帧，将文字元件拖入舞台，并转化成静态文本，分离出"世"字，调整其位置和角度。

③ 每隔 5 帧重复以上操作，使得文字环绕红心。

【注意】本题也可以采用多层的方式实现打字效果。

6. 打开实验配套文件"人.fla"，制作如图 11-9 所示动画，人和圆环在运动中改变大小和透明度，效果如样例 fy1_6.swf 所示，导出影片 sy1_6.swf。

图 11-9　改变大小和透明度动画

【提示】通过设置 Alpha 值改变透明度。

① 将圆环大小设为 80×80，转换成"元件 1"，人大小设为 55×75 像素，转换成"元件 2"。

② 整个动画过程为 40 帧，第 1 帧处人的 Alpha 值为 0%，第 20 帧处人的大小设为 330×430 像素，圆环的大小设为 400×400 像素，第 40 帧处圆环的 Alpha 值为 0%。

7. 打开实验配套文件"飞机穿越云海.fla"，制作如样例 fy1_7.swf 所示的飞机穿越云海的动画效果，导出影片 sy1_7.swf。

【提示】飞机的运动是动作补间动画，需要将飞机转化成元件。云海把飞机挡住，说明在飞机上有一个图层，该图层中只有云彩。

① 设置文档大小为 550×400 像素，速度为每秒 10 帧，动画总长为 35 帧。

② 图层 1 使用库中的"cloud"作为背景，并相对舞台对齐。

③ 图层 2 拖入库中的"plane"图形，将其分离并利用魔术棒工具去除背景，再将飞机转化为元件，选择"修改|变形|水平翻转"命令将其翻转并缩小为 50%，作从左侧飞行到右上的动画。

④ 图层 3 拖入库中的"cloud"，相对舞台对齐，需要去除蓝色天空的区域，这样才能看到图层 2 中的飞机。可对"cloud"先分离再用魔术棒工具去掉蓝色天空。

8. 打开实验配套文件"箭穿靶.fla"，制作如样例 fy1_8.swf 所示的 3 箭穿靶的动画效果，导出影片 sy1_8.swf。

【提示】

① 制作 3 个元件：把库中的 target 图形调入用自由变形工具压扁，以"元件 1"为名存入库中；再去掉右半，以"元件 2"为名存入库中，把库中的"arrow"图形调入顺时针转 90°，宽缩为 25%，高缩为 50%，以"元件 3"为名存入库中。

② 参考时间轴图 11-3，在图层 1 中，拖入"元件 1"，水平靠右，垂直居中放置。

③ 在图层 2 的第 1 帧处拖入元件 3，位置放在左下方，用自由变形工具把蓝色的箭头调整到合适取向。在第 20 帧处插入关键帧，并顺其运动轨迹（通过靶中心）移到舞台界外，动作补间。

④ 在图层 3 的第 1 帧处拖入元件 3，位置放在左上方，箭头改成绿色，用自由变形工具把箭头调整到合适的取向。在第 30 帧处插入关键帧，并顺其运动轨迹（通过靶中心）移到舞台界外，动作补间。

⑤ 在图层 4 的第 1 帧处拖入元件 3，位置放在左中间，箭头改成红色，用自由变形工具把箭头调整到合适的取向。在第 10 帧和第 40 帧处插入关键帧，并顺其运动轨迹（通过靶中心）移到舞台界外，动作补间（第 1～10 帧静止）。

⑥ 添加图层 5，把"元件 2"镶在"元件 1"的左半边，并调整各层，时间轴图如图 11-10 所示。

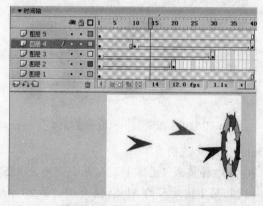

图 11-10　箭穿靶的时间轴图

实验 12　Flash 基本操作二

一、实验目的

1. 熟悉掌握运动引导线的使用。
2. 了解熟悉遮罩层的作用，利用遮罩制作各种特殊效果。
3. 了解影片剪辑元件。
4. 了解如何为动画增添音效。

二、实验范例

1. 利用运动引导层，制作一个羽毛在空中飞舞的动画，效果如样例 y12_1.swf 所示，保存为 flasf_fl12_1.fla，并导出影片为 flasf_fl12_1.swf。

分析：

在引导层绘制平滑的路径，在引导层下面作羽毛从上飞到下的动作补间，将元件中心对齐在路径起点、终点，让其沿路径运动。

操作步骤：

（1）新建文档，大小为默认，帧频为 10，将配套文件"羽毛.wmf"导入库。

（2）将库中羽毛元件拖曳到舞台，并参照样例，适当调整大小、变形。

（3）选择"插入|时间轴|运动引导层"命令，添加运动引导层。

（4）在运动引导层中，用铅笔工具，绘制一光滑运动曲线，延长画面到第 60 帧，并锁住引导层。

（5）在图层 1 的第 1 帧中，将羽毛元件拖曳至运动曲线起始端。按下工具箱的🧲，同时使元件中心注册点与曲线重合。

（6）在第 50 帧插入关键帧，将羽毛放大，拖曳至曲线终端，并水平翻转。注意使中心注册点与终端重合。

（7）在第 60 帧处"插入帧"，保持羽毛的静止状态。

（8）设置关键帧的"补间"为"动作"，"简易"为 20，选择"调整到路径"和"对齐"。

（9）另加一个图层，用自己的姓名和学号替换"样例"两字。测试影片后保存 Flash 文件并导出影片。

【注意】"调整到路径"是指在引导线动画中，使对象根据引导线的曲率进行旋转。否则，按引导线平移。

2. 打开实验配套文件"画卷.fla"，通过遮罩功能，制作如图 12-1 所示的画卷展开动画，效果如样例 y12_2.swf 所示，导出影片为 flasf_fl12_2.swf。

图 12-1　画卷展开

分析：

动画需要分 3 层：下面图层放"画"；中间图层是遮罩层，放元件 1 并设置从小到大的动作补间动画，也就是让透过遮罩的可见范围逐渐变大；上面图层放画轴元件，用动作补间做从上到下的移动动画。

操作步骤：

（1）调整舞台大小为 400×600 像素，背景色为红色。

（2）打开库面板，在第 1 帧处拖入"画.jpg"，调整其大小及位置，整个动画延续至第 60 帧。

（3）添加一图层，在第 1 帧处拖入元件 1，调整大小及位置使其刚好覆盖画的上部画轴。在第 60 帧处插入关键帧，使元件 1 覆盖整个画面。设置"动作"补间。

（4）右击图层 2，在快捷菜单中选择"遮罩层"，图层 2 立即成为遮罩层。同时，紧靠下面的图层 1 缩进，成为被遮罩层。两图层均自动被锁住，出现遮罩效果，即画卷慢慢展开。

（5）在图层 2 上新建一层，在第 1 帧处放入元件 2，调整大小并使其紧贴上部画轴，在第 60 帧处插入关键帧，将元件 2 拖至画面底部。设置"动作"补间。

（6）调试后导出影片 flasf_fl12_2.swf。

3．制作一个如样例 y12_3.swf 所示的光影变幻的文字效果，导出影片为 flasf_fl12_3.swf。

分析：

动画共分 2 层：下面图层是黑白相间的填充背景，并且设成运动效果；上面图层是文字"光影"，设成遮罩层，相当于开了一个文字形状的窗户，看到下面移动的影。

操作步骤：

（1）新建一个文档，大小为 550×400 像素，速度为每秒 10 帧，背景为黄色。

（2）选中第 1 帧，在舞台中央书写文字"光影"，字体为华文琥珀、大小为 120。在第 35 帧处"插入帧"。最后把"图层 1"改名为"文字"。

（3）新建一图层，命名为"背景"，将其拖曳到"文字"层的下方。

（4）打开"混色器"面板，在"填充样式"下拉列表框中选择"线性"。设置渐变为由黑到白的多次渐变。选中"背景"层的第 1 帧，用矩形工具画出一个由黑白线性渐变填充的矩形。高度要能够把"光影"两个字罩住；宽度要将文字罩住并在文字左侧有较大空余。将此矩形"转换为元件"。

（5）在"背景"层的第 35 帧处"插入关键帧"。在舞台上将矩形右移，以左侧刚能罩住文字为限。添加动作补间。

（6）将"文字"层设置为"背景"层的遮罩。测试并导出影片。

4．利用实验配套文件"蝶恋花.fla"，制作一对蝴蝶在花丛中飞舞的动画，插入提琴.swf，并同步播放音乐"梁祝",效果如样例 y12_4.swf 所示,导出影片为 flasf_fl12_4.swf。

分析:

黄色蝴蝶是直线运动的,用动作补间动画即可。黑色蝴蝶是曲线运动的,需要用引导层动画。音乐处理需要单独一个图层。

操作步骤:

(1) 将蝴蝶动画"hd1.swf"和"hd2.swf"导入到库,并使用"窗口|库"命令打开库面板。

(2) 在图层 1 的第 1 帧处拖入"花丛",并在"属性"栏中修改其大小为 550×400 像素,位置为(0,0),在第 100 帧处插入帧,则图片背景延长到 100 帧。

(3) 添加图层 2,在第 1 帧的左下方插入蝴蝶的影片剪辑,通过自由变换工具调整其大小和方向,使其向着中间的小花朵,在第 15 帧飞到花朵并停留至第 30 帧,到第 35 帧逆时针转 90°,到第 50 帧飞出界外,第 51 帧转 180° 回飞,到第 80 帧飞出下边界。

(4) 添加图层 3,在第 1 帧的右下方插入蝴蝶的影片剪辑,通过自由变换工具调整其大小和方向,使其向着中间的大花朵。到第 80 帧再插入关键帧,添导引层,使第 2 只蝴蝶沿复杂的路径飞舞。停留到第 90 帧,到第 100 帧飞出右边界。

(5) 再添加 1 个图层,插入"提琴.swf"动画和声音文件"梁祝.wav",同步设为"开始",重复设为"1"。

【注意】

"数据流":声音流无论多长,都随动画的结束而停止播放。

"事件":如果触发了声音事件,会自动播放直到结束,不受动画制约。如果音轨时间长于动画,则动画第 2 次事件发生时声音叠在前次之上,成为"多重唱"。

"开始":同"事件",但如果声音正在播放,就不会播放新的声音。

"停止":可以插入关键帧,在该帧停止播放声音。

(6) 参照图 12-2 所示时间轴图调试影片并导出。

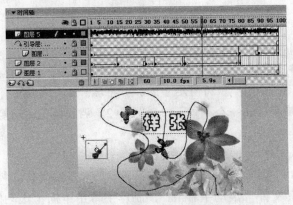

图 12-2　蝴蝶飞舞的时间轴图

三、实训

1. 制作文字"欢迎光临"淡入、翻转和旋转等功能的动画,效果如样例 fy2_1.swf 所示,导出影片 sy2_1.swf。

【提示】将文字制作成元件，并制作动作补间动画。

2. 制作文字具有倒影效果并由左向右移动的动画，如图 12-3 所示，效果如样例 fy2_2.swf 所示，导出影片 sy2_2.swf。

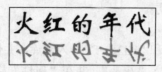

图 12-3　有倒影效果的文字

【提示】利用任意变形工具对文字元件进行翻转，并设置透明度，制作倒影。

3. 打开实验配套文件"落叶飘零.fla"，制作落叶飘零效果的动画，如样例 fy2_3.swf 所示的，导出影片 sy2_3.swf。

【提示】

① 用引导层制作动画，此外还要根据效果设置旋转或利用任意变形工具设置叶子的翻转。

② 利用库中的 Leaf，缩小为 30%，制作树叶按一定路径运动的效果，需要对 Leaf 进行适当旋转或翻转。

③ 文字"落叶飘零"设置为隶书、38pt、蓝色。

4. 打开实验配套文件"樱花.fla"，制作如图 12-4 所示樱花环绕文字旋转的动画，效果如样例 fy2_4.swf 所示，导出影片 sy2_4.swf。

图 12-4　旋转运动

【提示】要制作引导层圆周运动动画，必须让圆周有个缺口。

① 在图层 1 中将库中的"背景"拖入，并相对舞台对齐，动画延续 40 帧。

② 添加图层 2，拖入"花"。为图层 2 添加引导层，在引导层中作一个只有笔触颜色的椭圆，用橡皮在椭圆底部擦出一个小口。回到图层 2，调整樱花运动起始与终止的位置，使其绕椭圆逆时针运动。

③ 用同样的方式制作一个顺时针运动的樱花。

④ 添加图层，输入文字"樱花"，可通过不同颜色文字的移位达到样例效果。

5. 打开实验配套文件"滚动字幕.fla"，制作字幕由下向上滚动的动画，效果如样例 y2_5.swf 所示，导出影片 sy2_5.swf。

【提示】需要将文字层设成遮罩层，并在文字下面添加彩色背景。

① 设置文档速度为每秒 6 帧，将库中的图片插入图层 1，调整大小和位置，动画延续 100 帧。

② 添加图层 2，绘制一个无笔触颜色的彩色椭圆形。

③ 添加图层 3，输入一首歌词（再回首.txt）。在第 1 帧处将歌词放置在椭圆下方。在第 100 帧插入关键帧，将歌词放置在椭圆上方。设置补间为"动作"，即歌词从舞台下方缓缓上

移。将图层 3 的属性改为"遮罩层"。

6. 制作具有探照灯效果的文字动画，在黑色背景下，动态显示部分文字，如图 12-5 所示，效果如样例 fy1_6.swf 所示，导出影片 sy2_6.swf。

图 12-5　探照灯效果

【提示】"探照灯"其实就是遮罩层上的一个圆形元件，并制作圆从左向右的动画。

① 设置文档背景颜色为黑色。在舞台中，输入白色文字"探照灯"。

② 添加 1 个图层，绘制一个正圆形，颜色任意，拟作为探照灯。将圆形转换成图形元件。插入第二关键帧，将圆形移到舞台右则。设置"动作"补间。

③ 将图层 2 的属性改变成"遮罩层"。

7. 打开实验配套文件"水滴.fla"，制作滴水效果动画，水滴从上向下掉落，落至底部后出现水波，水波从小变大，如样例 y2_7.swf 所示，导出影片 sy2_7.swf。

【提示】水滴掉落就是一个简单直线运动，水波从小变大，可通过设置透明度达到消失的效果。

① 设置文档大小为 550×400 像素，速度为每秒 10 帧，背景色为#003399，动画总长为 46 帧。

② 使用元件库中的"shuiz"图形，使水滴自上而下到第 10 帧落至底部。

③ 使用元件库中的"bo"影片剪辑，在第 10～41 帧中展现逐渐展开的水波动画，最终的透明度为 0。

④ 为增加推波助澜的动画效果，如同③，从第 15～46 帧再作逐渐展开的水波动画。

8. 打开实验配套文件"圣诞快乐.fla"，制作贺卡。圣诞老人旋转并移动，出现"圣诞快乐"文字，背景在亮与暗之间交替变化，在动画中添加音效，效果如样例 y2_8.swf 所示，导出影片 sy2_8.swf。

【提示】制作圣诞老人旋转并移动的动画。文字设成遮罩层，文字底下的彩色图案设成移动的动画。时间轴如图 12-6 所示。

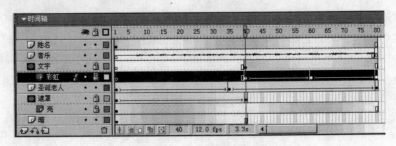

图 12-6　贺卡的时间轴图

（1）背景亮度改变。

① 把图形元件"背景"拖入舞台，将其亮度变暗，调到−50%，将图层 1 命名为"暗"，在第 40 帧处插入帧。

② 添加一图层，命名为"亮"，将"背景"元件拖入舞台放在第 1 帧，在第 80 帧插入

帧（亮背景延续到结束）。

③ 在"亮"背景上方加 1 个图层，名为"遮罩"。在第 1 帧处拖入元件"矩形"，放置在舞台外下方。在第 40 帧处插入关键帧。用自由变换工具将此元件放大到和舞台一样大，作"动作"补间。

④ 用鼠标右击该层控制区，从快捷菜单中选"遮罩层"，锁定此两层，然后按<Enter>键测试动画，看背景是否由下向上逐渐变亮。

（2）圣诞老人转动。

① 添加图层 4，从库中把元件"圣诞老人"拖入，置于舞台右上角。

② 在第 35 帧和第 80 帧处分别插入关键帧，在第 1～35 帧间插入"动作"补间，"圣诞老人"原位逆时针旋转 2 周。在第 80 帧时"圣诞老人"位于舞台左下角，在第 35～80 帧间插入"动作"补间，使"圣诞老人"逆时针方向旋转 2 周，到达左下角。

（3）文字遮罩动画。

① 添加 1 个图层，命名为"文字"，拖入元件"文字"。

② 添加 1 个图层，命名为"彩虹"，在第 40 帧处放入元件"彩虹"，位置向左拖出舞台，使彩虹条的右边界和舞台右边界对齐。

③ 在第 60 帧和第 80 帧处分别插入关键帧，第 60 帧的彩虹条右移至使其左边界和舞台左边界对齐，舞台中正好覆盖下面的 4 个字，分别在第 40～60 帧、第 60～80 帧间插入"动作"补间。

④ 将"彩虹"层移至"文字"层的下方，并右击"文字"层，在弹出的快捷菜单中选"遮罩层"。

（4）添加音效。

① 新建 1 个图层，命名为"音乐"，将声音文件"jinbell.mp3"拖入舞台，音乐和动画同步设为"开始"。

② 添加一图层，输入自己的姓名学号，按<Enter>键观看演示，如果想要动作进程慢一点，可把帧频由 12fps 改为 8fps，完成后导出影片。

实验 13 网络基础

一、实验目的

1. 掌握局域网接入 Internet 的配置方法。
2. 了解 Windows XP 操作系统环境下的网络设备状态检查。
3. 理解 Windows XP 局域网接入的配置参数的含义。
4. 了解 Windows XP 操作系统环境下的网络测试命令。
5. 掌握在 Windows 中资源共享的设置方法。
6. 掌握共享资源的使用方法。

二、实验范例

1. 查看网络适配器的安装状态和参数配置。

分析:

网络适配器即网卡,是计算机联网的设备。网络适配器正常运行,是计算机能够联网的前提。

操作步骤:

(1)右击桌面上"我的电脑"→"属性",打开"系统属性"对话框,选择"硬件"选项卡,如图 13-1 所示。

(2)选择"设备管理器"命令按钮,打开如图 13-2 所示的设备管理器窗口。在设备管理器的列表中选择"网络适配器"项目,可查看网卡的安装状态。

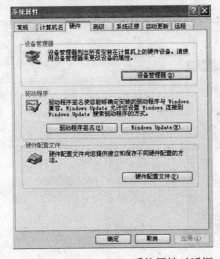

图 13-1 Windows XP 系统属性对话框　　　　图 13-2 Windows XP 设备管理器窗口

小知识：设备管理器中计算机设备前出现红色叉号表示设备被停用，可通过右键→"启用"命令启用该设备。计算机设备前出现黄色问号表示该硬件未被操作系统识别，黄色感叹号表示硬件未安装驱动程序或驱动程序安装不正确，需重新安装驱动程序。

（3）选择网卡，右键→"属性"打开该网卡的属性对话框，可查看网卡的属性参数配置。

（4）选择网卡，右键→"更新驱动程序"或"停用"、"卸载"等，可实现网卡驱动程序的更新、停用和卸载等操作。

2．TCP/IP 协议的安装和参数配置。

分析：

TCP/IP 协议是网络中使用的基于软件的标准通信协议，TCP/IP 协议可使不同环境下不同节点之间进行通信，是接入 Internet 的所有计算机在网络上进行各种信息交换和传输所必须采用的协议。

操作步骤：

（1）右键单击桌面上"网上邻居"图标，在弹出的快捷菜单中选择"属性"命令，打开"网络连接"对话框，如图 13-3 所示。

（2）右键单击"本地连接"，在弹出的快捷菜单中选择"属性"命令，打开"本地连接属性"对话框，如图 13-4 所示。

图 13-3　　"网络连接"对话框　　　　图 13-4　　"本地连接属性"对话框

（3）若要安装协议，单击"安装"按钮，在"选择网络组件类型"对话框中选择"协议"并"添加"。

（4）若已安装好 TCP/IP 协议，双击列表中的"Internet 协议(TCP/IP)"项目，打开"Internet 协议(TCP/IP)属性"对话框，如图 13-5 所示。

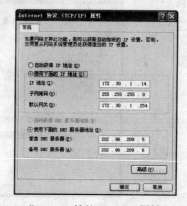

图 13-5　"Internet 协议(TCP/IP)属性"对话框

（5）选择"自动获得 IP 地址"或"自动获得 DNS 服务器地址"，系统将自动向 DHCP 服务器申请 IP 地址和获得 DNS 服务器地址。

（6）用户自定义配置 IP 地址和 DNS 服务器，通常需要配置 IP 地址、子网掩码、默认网关、首选 DNS 服务器地址。

3．网络参数的查看及网络连通性的测试。

分析：

使用网络命令是进行网络测试和故障分析的必要手段，常用的网络命令有 ipconfig 和 Ping。ipconfig 命令用来验证计算机接入 Internet 网络的参数配置情况，Ping 命令用来测试网络的连通性。

操作步骤：

（1）选择"开始|运行"命令，打开如图 13-6 所示的"运行"对话框，输入 cmd，进入命令行窗口。

图 13-6　"运行"对话框

（2）在命令行窗口中输入"ipconfig /all"后按回车键，窗口中显示计算机网络的配置参数，如图 13-7 所示。其中"Ethernet adapter 本地连接"表示以太网络的适配器（网卡）参数，Physical Address 后面的数据是网卡的物理地址，其他与图 13-5 所示类似。

图 13-7　查看网络配置参数

（3）在命令窗口中输入"ping 163.com"后按回车键，测试本地机到"网易"服务器的连通性，如图 13-8 所示。Ping 命令根据域名查到该服务器的 IP 地址为 220.181.31.8，"Reply from 220.181.31.8: bytes=32 time=63ms TTL=241"字样，则说明本机可以通过网络适配器与 220.181.31.8 连接。TTL（Time To Live）值反映了数据包的生命期，数据包每经过一个路由器，TTL 值减 1。数据包从源地点发送时，TTL 起始值为 2^k，通过 TTL 值可推算已经通过了多少个路由器。本例中 TTL 起始值为 256，表明从源地点到目标地点通过了 15 个路由器完成连接。

图 13-8　用 ping 命令测试网络的连通性

4. 计算机名标志与工作组设置。

分析：

为了使网络上的其他用户能访问计算机，必须给每台计算机一个唯一的名称以标志计算机，并将它们设置为同一工作组。任何有意义的名称都可以作为计算机名。

操作步骤：

（1）打开控制面板中的"系统"对话框，在"计算机名"选项卡中单击"更改"按钮。

（2）在计算机名更改窗内输入计算机名称，或在"工作组"栏输入工作组的名称 WORK-GROUP，如图 13-9 所示。

图 13-9　计算机名标识与设置工作组

5. 文件目录共享设置。

分析：

Windows XP 系统中的文件夹分为个人文件夹和共享文件夹。个人文件夹如"我的文档"仅供某用户专用，共享文件夹是可被其他用户访问而提供的存储场所。每个共享对象需要一个共享名，是其他用户在访问该对象时看到的名称，默认为该对象名。

在 Windows XP 中，驱动器、文件夹或文件资源都可共享，实现共享有三种形式：同一计算机上多个用户共享文件或文件夹、在局域网络上共享驱动器或文件夹和在 Internet 上共享。如果将文件或文件夹移动或复制到"共享文档"中，则计算机上的所有用户将都能访问它；使用快捷菜单中的"共享和安全"命令，可使文件夹或驱动器在局域网上共享；Internet 上的共享需要将文件发布到 Web 服务器上。

操作步骤：

（1）用资源管理器在 C 盘根目录下建立文件夹 Test，并从其他目录中选择一个文件复制到 Test 文件夹内。

（2）右击 Test 文件夹，在弹出的快捷菜单中选择"共享和安全"命令，在属性窗内选择在网络上共享这个文件夹，并命名共享名为 Share1 和设置共享权限，如图 13-10 所示。

图 13-10　设置共享文件夹属性和共享权限

小知识：在共享名后用字符"$"结束，可以隐藏该共享资源，在"网上邻居"中不显示该共享名。

6．使用共享文件夹 Test。

分析：

网上邻居可显示指向共享计算机、打印机和网络上其他资源。

操作步骤：

进入网上邻居选择"查看工作组计算机"就可以使用共享资源，如图 13-11 所示。

图 13-11　网上邻居

【注意】如果在网上邻居中看不到自己的计算机，说明没有安装打印机与文件共享。

为了方便使用，可以通过"添加一个网上邻居"，将共享的网络资源的快捷方式添加到网上邻居窗，也可以添加包含指向计算机上的任务和位置的超级链接，如图 13-11 右窗格所示。

小知识：可以在命令行窗口中输入"net share"命令，查看本计算机上的共享目录。

三、实训

1．查看本地机网卡与 TCP/IP 属性的参数。

① Physical Address（网卡地址）_____。

② IP Address（IP 地址）_____。

③ Subnet Mask（子网掩码）_____。

④ Default Gateway（默认网关）＿＿＿＿＿＿＿＿＿＿＿＿＿＿。

⑤ DNS Server（域名服务器）＿＿＿＿＿＿＿＿＿＿＿＿＿。

⑥ Host Name（主机名）＿＿＿＿＿＿＿＿＿＿＿＿＿。

2．使用 Ping 命令检查网络的连通性。

① 在命令窗口输入 Ping 127.0.0.1，查看反馈信息，测试计算机网卡是否工作正常。

② 用 Ping 命令测试上机环境内相邻计算机之间的连通性。

③ 使用 Ping 命令获取中国教育网 www.cernet.edu.cn 的 IP 地址，并分析从源地点到目标地点要通过几个路由器。

3．设置 C 盘为网络上共享驱动器。

【提示】在资源管理器内，右击"本地磁盘（C）"，在弹出的快捷菜单中选择"共享和安全"命令，在图 13-12 所示属性窗内设置驱动器共享。

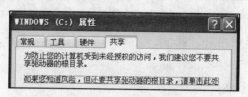

图 13-12　驱动器共享

4．将文件夹 Test 映射成驱动器，使用资源管理器进行验证。

【提示】执行资源管理器"工具|映射网络驱动器"命令，在"映射网络驱动器"对话框中的"驱动器"中，选择将被映射的共享资源的驱动器号。在"文件夹"中，以"\\资源的服务器名\共享名"的形式输入资源名，如图 13-13 所示。

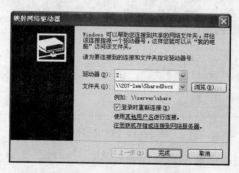

图 13-13　映射网络驱动器

5．将上机环境内相邻计算机设置为同一工作组，通过网上邻居验证设置是否正确。

实验 14　信息浏览与下载

一、实验目的

1. 掌握浏览器的使用方法和网页的下载、保存。
2. 掌握搜索引擎或搜索器的使用。
3. 熟悉文件服务目录的管理。
4. 掌握文件上传和下载方法。

二、实验范例

1. Internet 选项优化设置：默认主页、图片、动画和声音控制、临时文件、历史记录、Cookies、多媒体和安全等项目。

分析：

Internet Explorer，简称 IE，是微软公司推出的一款网页浏览器，是 Windows 操作系统的一个组成部分。2009 年 3 月 20 日正式发布的 Internet Explorer 8 浏览器，提供了搜索建议、智能屏幕过滤器、加速器、网站订阅等新功能。执行 IE 的"工具|Internet 选项"菜单命令，打开如图 14-1 所示的"Internet 选项"对话框，可以对 IE 浏览器进行优化设置。

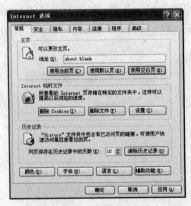

图 14-1　"Internet 选项"对话框

操作步骤：

（1）默认主页。

在"常规"选项卡的地址栏指定 URL。

（2）删除 Cookies 和临时文件。

Cookies 是网站保存在用户计算机上的信息文件，Cookies 可将本地计算机的信息反馈给网站服务器。一旦 Cookies 被黑客运用，则计算机的安全存在潜在危险。

上网的过程中会在系统盘内自动地把浏览过的图片、动画、Cookies 文本等数据信息保留在 C 盘临时文件夹内，它的好处是可加快下次访问该网页时的速度。但临时文件夹的容量不断增大，会导致磁盘碎片的产生，影响系统的正常运行。

可在"常规"选项卡中删除 Cookies 或临时文件，也可以在"隐私"选项卡中设置阻止 Cookies 的级别。

（3）清除历史记录。

历史记录文件夹记录了最近一段时间内浏览网站的的操作，可根据个人喜好输入数字来设定"网页保留在历史记录中的天数"（好的网站可以加入收藏夹）或直接单击"清除历史记录"按钮。

（4）设置浏览时对图片、动画和声音的控制。

在"Internet 选项"对话框的"高级"选项卡中的多媒体设置项目内设置，如图 14-2 所示。

图 14-2　IE 的多媒体设置

【思考】当对多媒体项目改变设置后，比较当前显示页面与设置前的显示页面的差异。

（5）脚本控制。

Java、JavaApplet、ActiveX 等程序和控件在为浏览网站时提供精彩特效的同时，也为恶意脚本语言或恶意控件非法窃信息提供了方便。要避免这些问题，在安装防火墙的同时，还应该对 Java、JavaApplet、ActiveX 控件进行限制，以确保安全。

在"Internet 选项"对话框的"安全"选卡中，选择"Internet|自定义级别"，打开"安全设置"对话框，如图 14-3 所示。然后可以对 Java、脚本、ActiveX 控件和插件、用户验证等安全选项进行设置。

图 14-3　"安全设置"对话框

（6）自动完成。

当在网页的表单中第一次输入用户名和密码后会弹出一个对话框，询问是否要保存密码，若用户选择"是"，则以后进入该表单就不必再输入用户名或密码（输入由 IE 的自动完成功能提供）。这样就存在安全漏洞，其他用户一但输入了用户名的首字母，IE 的自动完成功能就会让其无须输入密码而拥有进入权限。为此，需要改变自动完成功能的设置。

在"Internet 选项"对话框的"内容"选卡中，单击"自动完成"按钮，弹出"自动完成设置"对话框，如图 14-4 所示，设置自动完成的功能范围："Web 地址"、"表单"、"表单上的用户名和密码"。还可通过"清除密码"和"清除表单"来去掉自动完成保留下来了的密码和相关权限。

图 14-4　"自动完成设置"对话框

2．调整 Web 网页的查看方式。

分析：

Internet Explorer 允许用户调整 Web 网页的查看方式，也可查看网页的 HTML 源文件。对于想创建自己的 Web 页的用户，可以采用这种方式查看其他 Web 页是如何构成的，一定会达到事半功倍的效果。

操作步骤：

（1）执行图 14-5 所示的 IE "查看｜文字大小"命令，可调整网页上的字形大小。执行"查看｜源文件"命令，可了解超文本的源代码形式。

图 14-5　IE "查看"菜单

（2）若打开网页后，发现文字处于"乱码"状态，如图 14-6 所示。可通过"编码"菜单选择要使用的编码，例如使用简体中文（GB18030），可以看到汉字恢复正常的显示。

À¥¶´Ä¹²Æ	¹¹¼¾¼Ú	¾Æ¡¶ûÚÉ	µ¹¬¼ÚÀ¢áÉ	×Û¼×Éý	×Ûä»×ý	Íá¿Û×¹¯
ÈÉ½Ç¿¹â¹»ÅÔÄ·1188Å²·140²Å	8700	20%	¹¾¿¹	28	3382.95	ÓÚÉÚ
ÈÉ½Ç¿¹â¹»ÅÔÄ·1188Å²·142²Å	8700	20%	¹¾¿¹	28	3382.95	ÓÚÉÚ

图 14-6　网页文字处于"乱码"状态

3．搜索引擎的使用。

分析：

常用的百度、新浪、谷歌之类的搜索引擎属于机器搜索，大部分过程是由计算机来完成的。而"人肉搜索"是区别于机器搜索的另一种信息搜索方式，2007 年 6 月起源于猫扑网，是指利用人工参与来提纯搜索引擎提供信息的一种机制，更强调搜索过程的互动。搜索引擎有可能对一些问题不能进行解答，当用户的疑问在搜索引擎中不能得到解答时，就会试图通过人与人的沟通交流寻求答案。百度知道、新浪爱问、雅虎知识堂从本质上说都是人肉搜索引擎，它是由人工参与解答而非搜索引擎通过机器自动算法获得结果的搜索。人肉搜索可能导致侵犯隐私权，与法律相抵触，所以应该慎用。

搜索引擎通过使用关键词搜索有关信息，大多数情况下使用 1～2 个关键词搜索，关键词与关键词之间以空格隔开。在关键词前附加"-"，其作用是去除无关的搜索结果，提高搜索结果相关性。例如，用关键词"申花 -足球"来搜索，得到"申花"的企业信息，过滤掉申花足球队的新闻。

操作步骤：

（1）利用百度搜索引擎，查找教育部的网址。

进入 IE 浏览器，输入"http://www.baidu.com"进入"百度"网站主页，在搜索框中输入关键词"教育部"。

（2）查找上海旅游方面的信息，使用关键词"上海 旅游"。

【注意】使用关键词的常见错误

① 关键词含有错别字。

② 关键词太常见。

③ 关键词为多义词，例如"Java"可以是爪哇岛、一种著名的咖啡、也可指一种计算机语言。

④ 不是关键词。

4．网页的保存。

打开教育部的主页，保存教育部网站标志的图片，并复制其中教育部领导的文本内容到文本文件中。

分析：

IE 浏览器提供了保存网页的方法，"保存类型"选择框有几种类型选择。要保存当前网页中的所有文件包括图形、框架等，选择"网页，全部"类型，这种保存会自动生成一个 Files 文件夹，用来存放网页图片和其他的一些相关素材，如果删除了这个 Files 文件夹，那么主 html 文件也会跟着被删除。

选择"Web 档案，单一文件(*.mht)"类型，会将网页的所有内容打包成为一个文件。

如果想将当前网页作为文本文件保存而且可以被浏览器或 HTML 编辑器查看，则需要选择"网页，仅 HTML"类型；如果想将当前网页保存为可以被任何文本编辑器修改或查看的文本文件，则需要选择"文本文件"类型。

对于网页中部分文字内容，直接选择文本进行复制，打开"记事本"等编辑程序，使用快捷键<Ctrl>+V 将信息粘贴到文本当中。

对于网页中的某张图片，用鼠标右键单击，在快捷菜单，单击"图片另存为"命令。

操作步骤：

（1）进入 IE 浏览器，输入 http://www.moe.edu.cn/。

将鼠标指向主页"中华人民共和国教育部"网站标志图片，单击鼠标右键，在弹出的菜单中选择"图片另存为"命令，在弹出的"保存图片"对话框中选择相应的目录，单击"保存"按钮予以保存；

（2）单击教育部领导链接，进入教育部领导页，用鼠标选择要复制的内容，使文字呈现反向显示状态，按<Ctrl>+C 复制，然后打开"记事本"程序，用<Ctrl>+V 粘贴，再用"记事本"的保存命令保存为 TXT 文件。

5．匿名帐号登录文件服务器。

分析：

文件传输服务是目前 Internet 的广泛应用之一，是专为 Internet 用户提供大型文件传输的服务，具有传输速度快、网络带宽利用率高等特点。通常文件传输服务器中的目录和文件都设置有访问权限，包括读取、写入、创建目录，以及它们的组合等。不同的用户帐号具有不同的访问文件传输服务的权限，匿名帐号通常只能读取即下载文件。

操作步骤：

在浏览器的地址栏直接输入"ftp://192.168.1.3"后回车，如图 14-7 所示，可登录到文件传输服务器。

图 14-7　登录文件服务器打开文件目录示意图

6．文件上传与下载。

分析：

登录文件服务器后，根据用户权限可以上传文件到服务器，也可以从服务器下载文件。

操作步骤：

（1）采用"复制"、"粘贴"命令下载文件。

① 用指定的用户帐号登录文件服务器，进入指定的文件目录。

② 用鼠标选中下载文件，在弹出的快捷菜单中选择"复制"命令。

③ 在本地资源管理器中，进入存放下载文件的文件夹并右击，在弹出的快捷菜单中选择"粘贴"命令，文件将被下载到当前的文件夹中。

三、实训

1．浏览器使用。

（1）设置浏览器的启动主页。

操作要求：将浏览器的启动主页设置为你所在学校校园网的主页。

（2）用 URL 直接连接网站浏览主页并通过超链接浏览网页。

操作要求：接入地址 http://www.cncn.com 的"欣欣旅游网"站点的主页，然后通过主页中的"旅游景点"超链接浏览西安秦始皇兵马俑。

（3）保存整个网页。

操作要求：保存"欣欣旅游网"站点的主页信息。

（4）保存网页中的图片。

操作要求：保存西安秦始皇兵马俑的图片。

【注意】在地址栏中输入网站地址时，可以不必输入"http://"，因为 IE 默认的协议就是"http"。

2．搜索引擎使用与信息查询。

（1）通过网易主页内的搜索器查找有关图灵奖和诺贝尔奖的信息，列出华人获奖者名单。

（2）使用搜索引擎 www.baidu.com 查找中国文化自然遗产的文字介绍和图片资料。

（3）使用中文搜索引擎指南网 www.sowang.com 提供的信息，选择一种搜索引擎，查找关于中国古代音乐史稿的相关资料。

（4）通过学校图书馆主页，接入中国数字图书馆，查找关于鄂伦春族的介绍资料。

（5）使用 www.baidu.com 中的地图功能，查找从你的学校到所在城市火车站的交通线路。

（6）使用 http://ditu.google.cn/，查找你的学校所在位置的卫星地图。

（7）使用网页在线翻译查询一下"中国共产党"的英文写法。

（8）使用中文搜索引擎指南网 www.sowang.com 提供的信息，学习人肉搜索的使用。

3．收藏夹的使用。

（1）进入你所在学校校园网的网站，将站点名添加到收藏夹中。

（2）利用收藏夹，重新进入你所在学校校园网的网站。

（3）在收藏夹中建立一个名为"我的频道"的文件夹，将搜索出来的"电影频道"、"图书馆"等条目收藏在该文件夹中。

（4）收藏夹整理。①将收藏的"电影频道"条目重命名为"电影院"；②删除收藏的"图书馆"条目。

4．软件下载。

（1）使用搜索引擎查找提供共享软件 FlashGet 的网站，下载该软件并安装到本地机上。

（2）用 FlashGet 软件下载 CuteFTP 软件，然后安装 CuteFTP。

（3）下载安装压缩软件，将文件压缩后再上传，比较文件压缩前后上传的传输效率。

（4）从网上查询了解近期出现的最新型病毒的名称、表现形式及杀毒方法，并针对这些病毒接入 http://update.microsoft.com/MicroSoft 站点，为自己的计算机系统打相应的补丁。

（5）使用搜索引擎查找免费 ftp 站点，并利用 IE 浏览器登录到该 FTP 站点。

（6）学习用 QQ 传送文件。

实验 15 电子邮件

一、实验目的

1．掌握电子邮件系统的常规应用技术。
2．掌握电子邮件收发的基本方法。
3．掌握常用的电子邮件软件的配置与应用方法。

二、实验范例

1．在网易上申请免费的电子邮箱。
分析：
电子邮件（E-mail）是 Internet 的一项基本服务项目，在使用电子邮件之前，需要一个电子信箱，电子信箱可分为付费和免费两类。在没有特殊要求的情况下可以通过 Internet 服务提供商或大型的网站申请一个免费的电子信箱。
操作步骤：
（1）在浏览器的地址栏输入"http://email.163.com/"，打开网易电子邮件服务的主页，如图 15-1 所示。

图 15-1 网易电子邮件服务主页

（2）单击"立即注册"命令按钮，进入网易邮箱注册新用户页面，如图 15-2 所示。填写用户名和其他用户注册信息，其中用户名必须在邮件系统中没有重名，注册信息项目前有"*"号的表示必须填写。
（3）单击"创建帐号"命令按钮，邮箱注册系统开始检查用户注册信息。若填写注册信息正确，系统将注册此用户并进入成功注册页面，如图 15-3 所示。
（4）每次登录邮箱时需要使用注册时设置的用户名和密码。

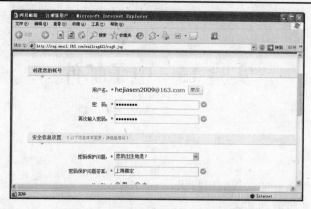

图 15-2　网易邮箱注册新用户页面

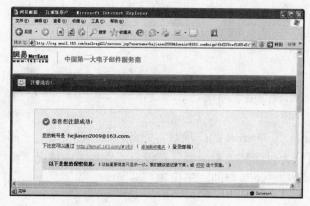

图 15-3　注册成功页面

2．Web 方式收发电子邮件。

分析：

利用 Web 方式收发邮件不需要额外软件，只要有浏览器就可以登录管理邮件。

操作步骤：

（1）打开网易电子邮件服务的主页，输入用户名和密码并"登录"，打开"163 网易免费邮箱"页面，如图 15-4 所示。

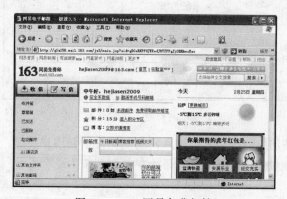

图 15-4　163 网易免费邮箱

（2）单击"写信"，切换到写信界面，如图 15-5 所示。输入收信人地址、主题和正文内容后，单击"发送"命令按钮，系统将电子邮件发送到指定的收件人信箱中，且系统将会给出邮件是否发送成功的提示信息。

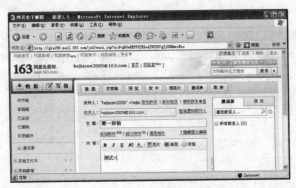

图 15-5　书写电子邮件

（3）单击"收信"，切换到收信界面，如图 15-6 所示。在收件箱主窗口中显示电子邮件列表，选中某封邮件的主题即可打开此邮件，查看邮件的内容。

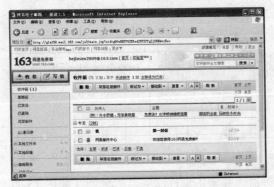

图 15-6　网易 163 免费邮箱收信页面

3．使用 Outlook Express 收发电子邮件。

分析：

Outlook Express 是利用 POP3 协议收取信件的工具软件，在断开网络时仍可以查看、管理已下载的邮件。

操作步骤：

（1）打开 Outlook Express 软件，选择"工具|帐户"命令，如图 15-7 所示。

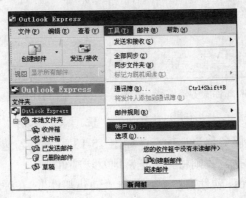

图 15-7　"工具|帐户"命令

（2）在打开的"Internet 帐户"窗口中单击"添加"按钮，选择"邮件"选项，如图 15-8 所示。

图 15-8　添加邮件帐户

（3）在"Internet 连接向导"对话框中输入发件人姓名和完整的邮件地址，分别如图 15-9 和图 15-10 所示。

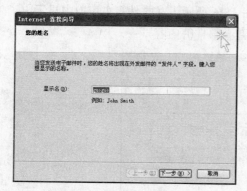

图 15-9　输入发件人姓名

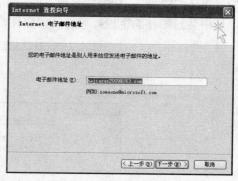

图 15-10　输入完整的邮件地址

（4）选择 POP3 服务器，并输入邮件服务器的地址，如图 15-11 所示。

（5）输入帐户名，即邮箱地址"@"前面的部分，以及登录密码。请注意，不要选择"使用安全密码身份登录"选项，如图 15-12 所示。根据向导完成帐户信息的设置。

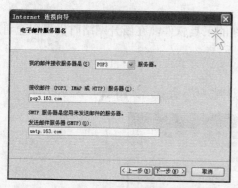

图 15-11　输入 163 邮件服务器地址

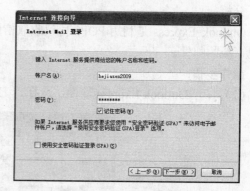

图 15-12　输入帐户名及密码

（6）在"Internet 帐户"窗口中选中"邮件"选项卡，单击"属性"按钮，在打开的帐号属性对话框中，选择"服务器"选项卡，如图 15-13 所示。勾选"我的服务器要求身份验证"复选框，此项必须选择，否则将无法正常地发送邮件。

（7）在 Outlook Express 软件窗口中，单击"创建邮件"，在弹出的"新邮件"窗口中输入收件人电子邮件地址，邮件内容，单击"发送"即可发送邮件，如图 15-14 所示。

图 15-13　帐户属性

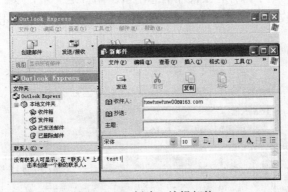

图 15-14　创建、编辑邮件

（8）在 Outlook Express 软件窗口中，单击"发送/接收"，可接收当前邮箱帐户的电子邮件，如图 15-15 所示。

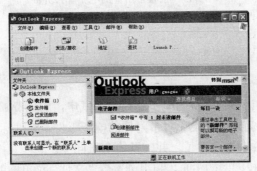

图 15-15　接收邮件

4．添加、下载邮件附件。

分析：

电子邮件的附件就是将一个文件（可以是 Word 文档文件、图形文件等）直接按原文发送给收件人。

操作步骤：

（1）添加电子邮件附件：单击主题栏下的"添加附件"，在选择文件对话框中选择并打开所需文件，则所选择的文件自动添加到邮件的附件，如图 15-16 所示。用同样的步骤可以为邮件添加多个附件。

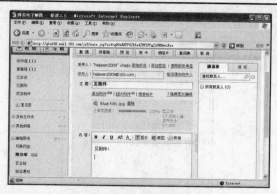

图 15-16　添加了附件的写信界面

（2）接收带附件的电子邮件，在收件信息中多了附件这一项，并给出了附件的文件名称，如图 15-17 所示。接收附件时只需单击文件名就可打开该附件，或单击"下载附件"将附件下载到本地磁盘。

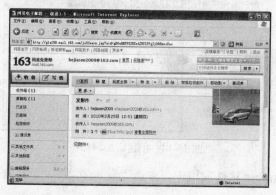

图 15-17　接收带附件的电子邮件界面

三、实训

1．在商业网站上申请一个免费的电子邮箱，测试申请的免费邮箱。

2．用申请的免费邮箱给老师发一封带附件的电子邮件，邮件标题为学号+姓名，邮件内容中写上你会用电子邮件发送文件了，并转发给全班同学。

3．进入你所在学校校园网的主页，利用浏览器"文件"菜单中的"发送|电子邮件页面"，将主页信息发送到所申请的免费邮箱。

4．使用 Outlook Express 软件接收邮件并进行邮件管理。

实验 16 站点建设与简单网页编辑

一、实验目的

1. 掌握使用 Dreamweaver 定义本地网站的方法。
2. 掌握文字的处理方法和各种超链接的创建和使用。
3. 掌握网页中插入图像和编辑的方法。
4. 掌握网页中插入 Flash 动画和声音等多媒体的方法。
5. 掌握网页中插入翻转图像和创建图像地图的方法。

二、实验范例

1. Dreamweaver 网页设计软件首选参数设置技巧。

分析：

在 Dreamweaver 中，首选参数的设置可以控制用户界面的常规外观和行为。

操作步骤：

（1）打开 Dreamweaver，选择"编辑|首选参数"命令，弹出"首选参数"对话框，在"分类"列表"常数"项的右侧，选勾"允许多个连续的空格"，如图 16-1 所示。设置此项后，按空格键使文字产生缩进或空格。

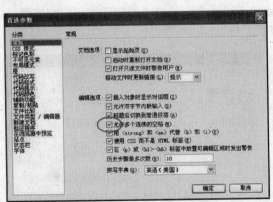

图 16-1 设置允许多个连续的空格

（2）单击"分类"列表"新建文档"项，修改右侧默认扩展名文本框中为".htm"，设置此项后，保存的网页扩展名为 htm，否则保存的网页扩展名为 html。

（3）单击"分类"列表"在浏览器中浏览"项，选勾"使用临时文件浏览"，如图 16-2 所示，设置此项后，浏览网页不需要先保存网页文档，可直接打开文档，在 IE 中浏览网页，提高了效率。

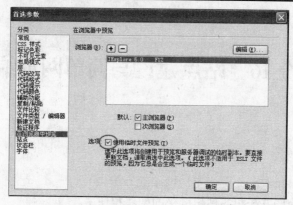

图 16-2　设置使用临时文件浏览网页

【注意】由于学校机房的计算机带有系统自动恢复功能，重启计算机后所进行的设置都无效，因此每次上机时需重新进行上述三项设置，同学自备的计算机仅需设置一次即可。

2．创建站点。

分析：

Web 站点是指 Internet 中的网站，网站由多个相关联的网页来传达一个主题，网页的集合称为站点。

操作步骤：

（1）选择"站点|新建站点"菜单，弹出"站点定义"对话框，选"高级"选项卡，在"分类"列表的"本地信息"项右侧的"站点名称"文本框中，输入"计算机基础课程网站"或同学自行命名，此项设置标志了一个网站，如在本地创建了多个网站，在"文件"面板单击网站名就能打开或切换至该网站。

（2）单击"本地根文件夹"右侧的按钮，弹出"选择站点"对话框，选择本地磁盘，单击"创建新文件夹"按钮，输入新文件夹名为 jsjsy，依次单击"打开"和"选择"按钮，返回如图 16-3 所示的站点定义对话框，单击"确定"按钮，完成网站定义，此时，"文件"面板中可看见所创建的网站。

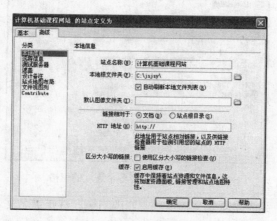

图 16-3　定义本地网站

【注意】本地站点名称实质上标志了一个文件夹，用于存放所设计的网页。如果站点内存放的只是静态网页（不能与用户进行信息交互，也不能连接数据库），在创建站点时可不选择服务器技术。

3．制作一个纯文本的基本网页，如图 16-4 所示。

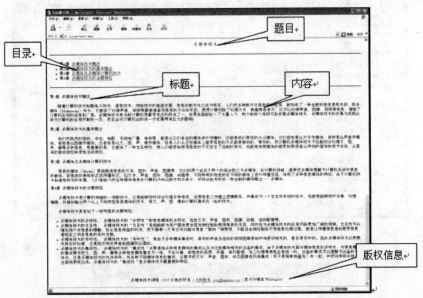

图 16-4　网页样例

分析：

建立站点后开始制作网页，一般的网页元素，如文本、图像和超级链接等，通过可视化工具 Dreamweaver 编辑制作。在文本中添加锚记链接用来定位到相关内容的位置。

操作步骤：

（1）新建网页。

选择"文件|新建"命令，弹出"新建文档"对话框，在"类别"列表中选"基本页"，在"基本页"列表中选"HTML"，单击"创建"按钮，打开一个未命名的网页。

（2）插入文本、蓝色水平线项目列表和特殊字符"版权"。

① 在资源管理器中，打开所给的"文本.txt"文件，选中并复制所有文本，返回 Dreamweaver，选择"编辑|选择性粘贴"命令，弹出"选择性粘贴"对话框，选中"仅文本"，单击"确定"按钮，把文本不带格式地粘贴到网页中。

【注意】"选择性粘贴"可用于复制粘贴各类应用程序中的文本。

② 分别将光标定位在"多媒体技术"和"第 1 章 多媒体技术概述"至"第 4 章 多媒体技术的主要特征"的章节标题、内容及第 4 章中的相关内容后，按回车键分段换行。然后分别将光标定位在各章内容段落前，按空格键使首行缩进 2 个字。

③ 分别将光标定位在第一行"多媒体技术"、第五行"第 4 章 多媒体技术的主要特征"后和最后一行前，选择"插入|HTML|水平线"命令，插入水平线。然后分别右键单击各条水平线，在弹出的快捷菜单中选择"编辑标签"命令，在弹出的"标签编辑器"对话框中选"浏览器特定"项，选择蓝色，如图 16-5 所示。

④ 选中文字"多媒体技术"，在属性面板"字体"下拉列表中，选"编辑字体列表"，弹出"编辑字体列表"对话框，如图 16-6 所示。分别从"可用字体"列表中将所需字体添加到"字体列表"中，然后分别设置文字为"华文行楷"、"居中"、24 像素、棕色。

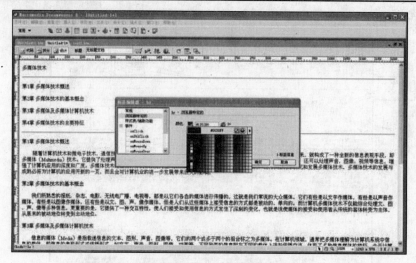

图 16-5　设定水平线颜色

图 16-6　添加字体

⑤ 选中第 4 章"多媒体技术的多样性:"至"多媒体技术的实时性:"等最后 4 段,单击属性面板的"项目列表"按钮。

⑥ 将光标定位在最后一行的"多媒体技术课程"文字后,选择"插入|HTML|特殊字符|版权"命令,插入版权标记"©",单击属性面板"居中"按钮,使最后一行文字居中。

(3)添加锚记、超链接和电子邮件超链接。

① 添加锚记:将光标定位在"第 1 章 多媒体技术概述"标题前或后,选择"插入|命名锚记"命令,在弹出的"命名锚记"对话框中,输入"1"或自行命名,如图 16-7 所示,单击"确定"按钮,完成第一个标题的锚记,用同样的方法设置其他三个章节的锚记。

图 16-7　命名锚记

② 添加锚记对应的超链接:选中目录"第 1 章 多媒体技术概述",选择"插入|超级链接"命令,弹出"超级链接"对话框,从"链接"右侧的下拉列表中选择对应的锚记"#1",如图 16-8 所示,单击"确定"按钮,完成一项锚记和超链接的设定。用同样方法设置其他 3 个章节的锚记和超链接。

图 16-8　设置锚记对应的超链接

（4）保存和浏览网页。

选择"文件|保存（或另存为）"命令，输入"html_fl1_3.htm"，单击"确定"按钮保存网页文件。按<F12>键浏览网页效果。

【注意】在网页制作过程中，可随时单击文档工具栏中的"浏览在 IE 6.0"按钮或按<F12>键预览网页效果。

4．制作标题为"汽车博览"的网页，如图 16-9 所示。

图 16-9　标题为"汽车博览"的网页

分析：

图像地图的作用相当于电子地图，单击地图中的某个点，会出现新的页面来显示相关的信息。单击地图中的 □ ○ ▽，选择某个区域，并在链接目标中设置相关目标文件的地址。

操作步骤：

（1）设置首选参数、网站和导入素材。

① 设置"首选参数"。（参见范例 1）

② 定义本地网站，如网站名称为"计算机课程实验网站"，本地根文件夹为"C:\jsjsy"。（参见范例 2）

③ 打开资源管理器，复制实验配套素材中的 images 文件夹到已定义好的本地网站中。

（2）新建和保存网页文档。

① 选择"文件|新建"命令，弹出"新建文档"对话框，在"类别"列表中选"基本页"，在"基本页"列表中选"HTML"，单击"创建"按钮，打开一个未命名的网页，在"标题"文本框中输入文字"汽车博览"。

② 选择"文件|保存（或另存为）"命令，弹出"另存为"对话框，在"文件名"文本框中输入"fl16_4.htm"，单击"保存"按钮保存网页。

【注意】先保存文档有利于定位网页中插入或链接的图像、多媒体和 CSS 等文件的相对路径。

（3）插入图像、翻转图像和图像居中对齐。

① 选择"插入|图像"命令，弹出"选择图像源文件"对话框，选中 images 文件夹中的图像文件 title.gif，单击"确定"按钮，插入 title.gif 图像。按回车键换行，用同样方法插入 pic.jpg 图像。

② 选择"插入|图像对象|鼠标经过图像"命令，弹出"鼠标经过图像"对话框，在图像名称文本框中输入"Image1"，单击原始图像右侧的浏览按钮，弹出"原始图像"对话框，选择 audi_f.gif，单击"鼠标经过图像"右侧的浏览按钮，弹出"鼠标经过图像"对话框，选择 audi_b.gif，再单击"按下时，单击前往的 URL"右侧的浏览按钮，选择 car.jpg，如图 16-10 所示，按"确定"按钮，完成一个超链接目标为图像的翻转图像。

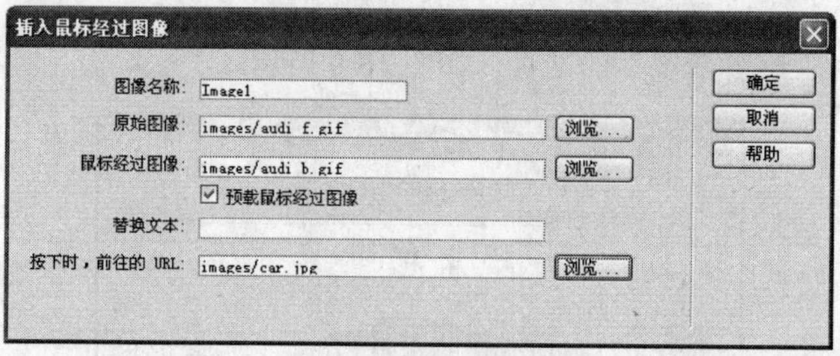

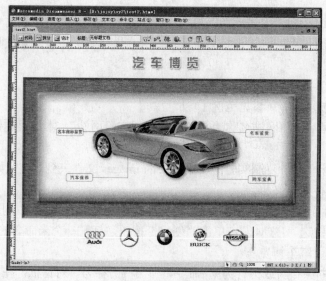

图 16-10　设置翻转图像

用同样方法插入"原始图像"为 benz_f.gif、"鼠标经过图像"为 benz_b.gif、"按下时，单击前往的 URL"为 car.wav 的超链接目标为声音的翻转图像。

用同样方法插入 bmw_f.gif 和 bmw_f.gif、buick_f.gif 和 buick_f.gif 等另外 3 个翻转图像，超链接任意设置或空链接。

③ 选中所有图像，单击属性面板的"居中"按钮，使所有图像居中对齐，如图 16-11 所示，此项设置使网页内容始终显示在屏幕的水平中心。

图 16-11　图像居中对齐

（4）插入版权信息。

将光标定位于第三行图像后按回车键换行，输入文字"2011 汽车博览 版权所有"，在"2011"与"汽车博览"之间并插入版权字符©。

（5）编辑裁剪图像。

选中图像 pic.jpg，单击属性面板中的"裁剪"按钮，分别拖动八个方向点调整，如图 16-12所示，双击鼠标或单击属性栏"裁剪"按钮，剪去不需要的区域。

（6）制作图像地图。

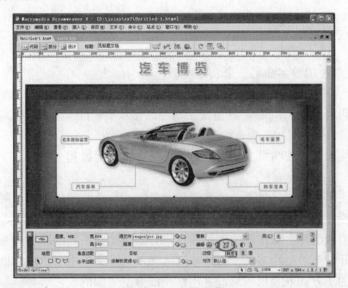

图 16-12 裁剪图像

① 制作链接到图像的热点。选中图像 pic.jpg，属性栏显示地图，单击地图中的"矩形热点工具"，在图像 pic.jpg 上用鼠标拖出一个覆盖"名车商标鉴赏"区域的矩形，单击属性栏"链接"文本框右侧的"浏览"按钮，选择 images\sp.jpg 文件，如图 16-13 所示。

图 16-13 设置热点

② 制作链接到 Flash 文件的热点。单击地图中的"矩形热点工具"，在图像 pic.jpg 上用鼠标拖出一个覆盖"名车鉴赏"区域的矩形，单击属性栏"链接"文本框右侧的"浏览"按

钮，选择 images\audi.swf 文件。

③ 用上述方法分别为图像 pic.jpg 上的"汽车保养"和"购车宝典"设置任意的超链接。

（7）保存和浏览文档。

选择"文件|保存（或另存为）"命令，保存网页为"html_fl1_4.htm"，按<F12>键浏览网页效果。

【注意】在网页制作过程中必须随时使用<Ctrl>+S 快捷键快速保存文件。

三、实训

1．用你所在学校的校名命名一个新站点。

2．制作一个介绍你所在学校的网页，要求如下：

（1）网页标题为"×××学院"，网页文字内容直接从实验配套素材中的"学院简介.doc"文件中导入。

（2）版面编排自定，按网页文档内容对段落进行格式化设置（字体、字号、颜色、列表格式等）。

（3）在原有文字页面的基础上，依次添加背景图片、主校门的图像、每个列表项目的引导的图标。添加图片后，进行相应的属性设置（名称、大小、边框、亮度、对比度等）。

（4）在主校门的图片上制作图像地图热点，分别链接到不同的教学楼的图片文件上，并能在新窗口中打开链接的图片文件，每个热点区加入替换文本用于描述所链接的内容。

（5）在页面的下方插入版权信息，并用水平线分割页面的主内容与版权信息。

（6）保存页面为"html_sy1_1.htm"并浏览文档。

实验 17 网页中表格布局和表单

一、实验目的

1. 掌握在网页中插入表格、表格编辑和使用表格布局网页元素的方法。
2. 掌握在网页中插入媒体 Flash 动画和插件的方法。
3. 掌握在网页中插入表单的方法。

二、实验范例

1. 制作标题为"温馨小屋"的网页，如图 17-1 所示。

图 17-1 "温馨小屋"网页

分析：

网页中可以用表格来进行网页的版面设计，利用表格可以灵活地安排文本、图像、动画等各种元素在网页中的位置。在设计网页时，有时会需要对表格中的一些项目进行拆分，但又不影响表格的其他部分，最佳方案是使用嵌套表格，即在表格的某个单元格中再插入表格。

操作步骤：

（1）设置首选参数、网站和导入素材。

① 设置"首选参数"。（参见实验 16）

② 定义本地网站，如网站名称为"计算机课程实验网站"、本地根文件夹为 C:\jsjsy。（参见实验 16）

③ 打开资源管理器，复制实验配套素材中的 images 文件夹到已定义好的本地网站中。

（2）新建文档、设置文档属性、保存文档。

① 选择"文件|新建"命令，弹出"新建文档"对话框，在"类别"列表中选"基本页"，

在"基本页"列表中选"HTML"，单击"创建"按钮，打开一个未命名的网页，在"标题"文本框中输入文字"温馨小屋"。

② 选择"修改|页面属性"菜单命令，弹出"页面属性"对话框，选择"分类"的"外观"项，单击"背景图像"右侧的下拉菜单，选 images/bg1.gif，分别在"左边距"和"上边距"文本框中输入数字 0，如图 17-2 所示，单击"确定"按钮，将图像 bg1.gif 设为整个网页的背景并定位在网页左上部。

③ 选择"分类"的"链接"项，分别设置"链接颜色"和"已访问链接"颜色为蓝色，设置"变换图像链接"为红色或设置为自己喜欢的颜色，单击"下划线样式"右侧的下拉菜单，选仅在变换图像时显示下划线，如图 17-3 所示，单击"确定"按钮。

④ 保存网页文件为"fl17_1.htm"。

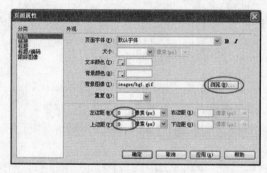

图 17-2 设置网页背景色

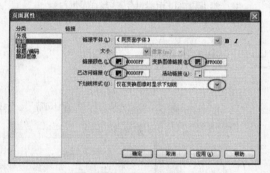

图 17-3 设置超链接样式

（3）插入、编辑布局表格和嵌套表格。

① 插入 5 行 2 列居中对齐的布局表格：选择"插入|表格"命令，在弹出的"表格"对话框中，设置表格为 5 行、2 列、宽度为 770 像素（此项参数适合屏幕显示分辨率为 800×600 的设置）、边框粗细为 0，表格设置如图 17-4 所示，单击"确定"按钮插入表格。

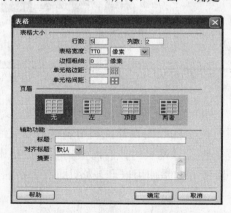

图 17-4 设置 5 行 2 列表格

② 编辑表格和插入嵌套表格：单击属性面板"对齐"下拉菜单，选择"居中对齐"，定位表格于网页水平中央。分别选中表格的第 1、2、3、5 行，单击属性面板的"合并所选单元格"按钮，分别使第 1、2、3、5 行合并为一个单元格。将鼠标分别定位在第 2、3 行，各插入一个 1 行 2 列嵌套表格，适当拖动两个嵌套表格的单元格宽度及外面表格第 4 行单元格宽度，如图 17-5 所示。

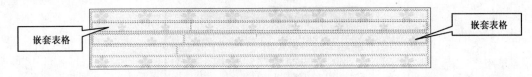

图 17-5　表格

（4）插入网页元素、设置单元格背景色和背景图。

① 设置单元格背景色、背景图：定位鼠标在第 1 行单元格，在属性面板"背景颜色"文本框中输入"#FFB9DC"或单击"背景颜色"选择喜欢的颜色，按回车键设好该单元格背景为"玫红"色。

用同样方法分别设定第 4 行中的嵌套表格、第 5 行单元格"背景颜色"为淡灰色和第 3 行左侧的单元格"背景颜色"为中灰色。

定位鼠标在第 2 行中嵌套表格右侧的单元格，单击属性面板"背景"右侧的"单元格背景 URL"按钮，选择 images/bg2.gif 图像文件，单击"确定"按钮，设好该单元格背景图像。

② 插入图像、文字、日期和动态文字：定位鼠标在第 2 行中嵌套表格左侧的单元格，选择"插入|图像"命令，在弹出的"选择图像源文件"对话框中，选中 images 文件夹中的图像件 logo.gif，单击"确定"按钮，插入 logo.gif 图像。

定位鼠标在第 4 行左侧的单元格中，插入 images 文件夹中的 menu01.jpg 图像，按回车键空一行。用同样方法插入 menu02.jpg、menu03.jpg 和 menu04.jpg 图像。

定位鼠标在第 4 行右侧的单元格中，插入 images 文件夹中的 link01.gif、link02.gif、link03.gif、link04.gif 和 link05.gif 图像，并分别在各图像之间按空格键产生分隔空格。

③ 插入文字、设置图像与文字的对齐：打开所给的"文本.txt"文件，复制、粘贴文字到相应的单元格中。

分别选中第 4 行左侧的单元格中图像，在属性面板的"对齐"下拉菜单中选"绝对居中"，分别使图像和文字都垂直居中对齐。在两个段落前按空格键使首行缩进两字符。在属性面板中设置第 4 行右侧单元格中的图像"居中"对齐、其下方版权文字信息也"居中"对齐，如图 17-6 所示。

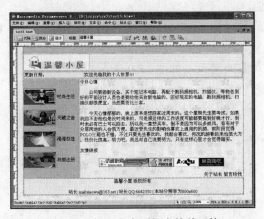

图 17-6　插入文字到相应的单元格

④ 插入日期和动态文字：定位鼠标在第 2 行中嵌套表格左侧单元格中的文字"更新日期："后，选择"插入|日期"命令，在弹出的"插入日期"对话框中，设置日期格式如图 17-7 所示，单击"确定"按钮插入日期。

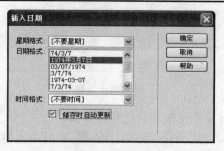

图 17-7　设置日期格式

选中第 2 行中嵌套表格右侧单元格中的文字"欢迎光临我的个人世界!!!",右键→"快速标签编辑",在"环绕标签"提示行的下拉列表中选"marquee",按空格键选"behavior"和"alternate",如图 17-8 所示,按回车键确认标签输入。

图 17-8　设置动态交替文字

(5)设置超链接。

选中表格第 3 行中左侧单元格文字"时尚生活",在属性面板"链接"文本框中输入"flash.htm",选中文字"天籁之音",在属性面板"链接"文本框中输入"media.htm",再选中文字"我要注册",在属性面板"链接"文本框中输入"register.htm",完成本网页后再创建上述 3 个网页。

选中文字"漫漫征途",在属性面板"链接"文本框中输入"#",注意"#"表示一个空链接,文字"漫漫征途"显示超链接效果,但鼠标单击无链接效果。

选中第五行文字"mail:xiaowu@163.net",在属性面板"链接"文本框中输入"mailto:zhangping@hotmail.com",建立电子邮件超链接。

(6)保存和浏览文档。

选择"文件|保存(或另存为)"命令,以文件名 html_fl2_1.htm 保存网页,按<F12>键浏览网页效果。

2.制作具有 Flash 对象的网页,如图 17-9 所示。

图 17-9　具有 Flash 对象的网页

分析：

在网页中可以插入 flash 对象，丰富网站的内容。插入的方法和插入图像的方法类似，插入的 flash 对象一定要存在，否则会出错。

操作步骤：

（1）利用网页 html_fl2_1.htm 制作具有顶、底部相同版面而内容不同的网页。

选择"文件|另存为"命令，将 html_fl2_1.htm 另存为 html_fl2_2.htm。

（2）编辑、修改及另存为其他网页使用。

分别选中表格第 4 行左侧和右侧单元格中的图像和文字，按<Del>键删除图像和文字。

选中左右两个单元格，单击属性面板的"合并所选单元格"按钮，将两个单元格合并为一个单元格，并删除属性面板的"背景颜色"文本框中内容，如图 17-10 所示。

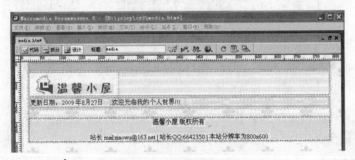

图 17-10　Flash 动画网页

选择"文件|另存为"命令，将网页分别另存为 media.htm、register.htm 和 flash.htm 等 3 个网页。（media.htm 和 register.htm 后面使用）

（3）插入 Flash 对象。

修改网页标题为"flash 动画"。将光标定位于表格第 4 行单元格中，单击属性面板的"水平居中"按钮，选择"插入|媒体|Flash"命令，选择 images/flash.swf 文件，插入 Flash 对象，如图 17-11 所示。

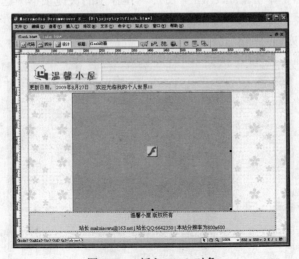

图 17-11　插入 Flash 对象

（4）保存和浏览文档。

选择"文件|保存（或另存为）"命令，保存网页 flash.htm，按<F12>键浏览网页效果。

3. 制作具有多媒体插件的网页，如图 17-12 所示。

图 17-12　具有多媒体插件的网页

分析：

多媒体插件可以在网页中播放视频，其插入方法和插入其他元素相似，被插入的多媒体插件同样一定要存在。

操作步骤：

（1）打开 media.htm 网页。

选择"文件|打开"命令，在弹出的"打开"对话框中，选择 media.htm 文件，单击"打开"按钮，打开 media.htm 网页。

（2）插入多媒体插件。

修改网页标题为"多媒体插件"。将光标定位于表格第 4 行单元格中，选择"插入|媒体|插件"命令，选择 images/dance.wmv 文件，插入媒体插件，根据媒体 dance.wmv 的宽高比例（在资源管理器中，右键单击 dance.wmv 文件，在弹出的快捷菜单中选择"属性"命令，在弹出的"属性"对话框中，选择"摘要"选项卡，浏览媒体文件的宽度、高度像素等参数），分别拖动插件的 3 个方向点调整插件大小，使其适合，如图 17-13 所示。

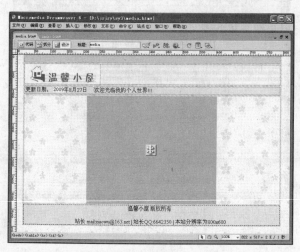

图 17-13　调整插件大小

（3）保存和浏览文档。

选择"文件|保存（或另存为）"命令，保存 media.htm 网页，按<F12>键浏览网页效果。

4．制作使用表格定位表单元素的注册网页，如图 17-14 所示。

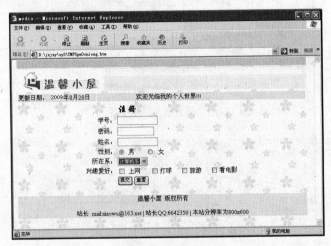

图 17-14　注册网页

分析：

表单可以获得访问 Web 站点的用户信息。访问者可以使用诸如文本域、列表框、复选框，以及单选按钮之类的表单对象输入信息，然后单击某个按钮提交这些信息。

操作步骤：

（1）打开 register.htm 网页。

选择"文件|打开"命令，在弹出的"打开"对话框中，选择 register.htm 文件，单击"打开"按钮，打开 register.htm 网页。

（2）插入表单、表格和表单域。

① 插入表单和表格：修改网页标题为"注册表单"，将光标定位于表格第 4 行单元格中，选择"插入|表单|表单"命令，显示红色表单线。

将光标定位于红色表单线框中，选择"插入|表格"命令，在弹出的"表格"对话框中，设置表格为 8 行、2 列、宽度为 600 像素、边框粗细为 0，单击"确定"按钮插入表格，拖动表格线使表格左列较窄，在属性面板的"表格名称 Id"文本框中输入"注册表格"，以下称该表格为"注册表格"。

在"注册表格"第 1 行右侧的单元格中输入文字"注册"，在属性面板中设置文字属性为"华文行楷、24 像素、粗体、蓝色"。

分别在"注册表格"左列的第 2 至第 5 行单元格中输入文字"学号："、"密码："、"姓名："、"性别："、"所在系："、"兴趣爱好："，如图 17-15 所示。

② 插入表单域：分别将光标定位于"注册表格"第 2、第 4 行右侧的单元格中，选择"插入|表单|文本域"命令，在属性面板"文本域"文本框中分别输入"xh"、"xm"、在"字符宽度"文本框中输入"12"、在"最多字符宽度"文本框中输入"8"，如图 17-16 所示。

将光标定位于"注册表格"第 3 行右侧的单元格中，选择"插入|表单|文本域"命令，在属性面板"文本域"文本框中输入"pass"、在"字符宽度"文本框中输入"12"、在"最多字符宽度"文本框中输入"8"，"类型"选"密码"，如图 17-17 所示。

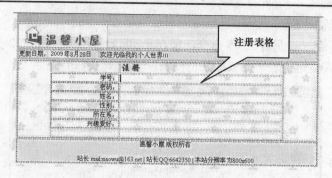

图 17-15　插入表单、表格和文字

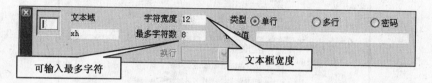

图 17-16　xh 文本域属性设置

图 17-17　pass 文本域属性设置

　　将光标定位于"注册表格"第五行右侧的单元格中，选择"插入|表单|单选按钮"命令 2 次，分别在单选按钮右侧输入文字"男"和"女"，选中第一个按钮，在属性面板"初始状态"选中"已勾选"，可在单选按钮之间按空格键产生分隔空格，如图 17-18 所示，单选按钮名按默认或自行命名。

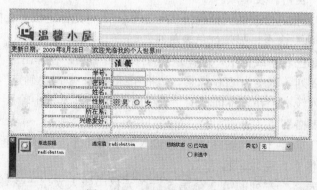

图 17-18　单选按钮属性设置

　　【注意】两个单选按钮名称必须相同，成为一组按钮，使按钮只能二选一。

　　将光标定位于"注册表格"第 6 行右侧的单元格中，选择"插入|表单|列表/菜单"命令，单击属性面板"列表值"按钮，弹出"列表值"对话框，单击"+"号按钮，在"项目标签"项目列表中输入"计算机系"、"艺术系"和"英语系"，如图 17-19 所示，单击"确定"按钮，完成列表值输入。

　　将光标定位于"注册表格"第 7 行右侧的单元格中，选择"插入|表单|复选框"命令 4

次，分别在复选框按钮右侧输入文字"上网"、"打球"、"旅游"和"看电影"，可在复选框按钮之间按空格键产生分隔空格。

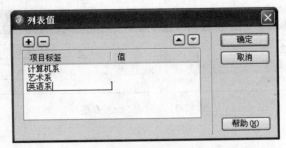

图 17-19　列表值属性设置

将光标定位于"注册表格"第 8 行右侧的单元格中，选择"插入|表单|按钮"命令 2 次，插入 2 个按钮，选中第二个按钮，在属性面板"动作"选项中选"重设表单"单选。

（3）保存和浏览文档。

选择"文件|保存（或另存为）"命令，保存 register.htm 网页，按<F12>键浏览网页效果。

三、实训

设计主页，要求如下：

（1）参考图 17-20，用表格定位、布局网页元素、设置单元格背景色和背景图等方法，插入一个背景音乐（文件自定）。

图 17-20　航班查询系统主页

（2）在主页面内插入图像、文字、日期和动态文字"欢迎光临航班信息查询"，在页面上使用透明 Flash。

（3）导航栏有三项超链接，分别是航班查询、数据输入、友情连接。

（4）在页面左边插入表单、表格和表单域，建立常客登录区域。

（5）在页面右边制作滚动新闻栏。

（6）在页面下方显示版权信息，为文字"联系我们"建立电子邮件超链接。

【提示】透明 Flash 背景透明，可叠加在页面已有的内容上。在设计 Flash 时只要不用图片做背景，当在网页中加入控制代码后，就可出现透明 Flash 的效果。当在层内插入 Flash 后，需要在属性面板的参数对话框中设置 wmode 参数，值为 transparent，如图 17-21 所示，就可实现 Flash 透明播放。很多特效透明 Flash 可以从网上下载。

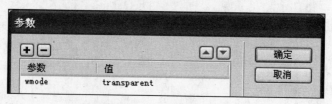

图 17-21　透明 Flash 参数

实验 18　框架网页和层的应用

一、实验目的

1. 掌握创建、保存框架网页和用框架网页中超链接打开网页的方法。
2. 掌握网页中层、行为的应用方法。

二、实验范例

1. 制作具有四个链接内容的框架网页，如图 18-1 所示。

图 18-1　框架网页

分析：

同一个站点中往往有不少网页具有相同的导航栏、标题栏等。如果在制作每一张网页时都要制作相同的导航栏，将增加大量的工作，框架则很好地解决了这个问题。所谓"框架"，就是将浏览器窗口划分为若干个区域，每个区域中显示具有独立内容的网页。框架集定义了整体的框架布局，记录了框架网页中所包含的框架数量及拆分方式等信息，但其本身并不提供实际的网页内容，网页的具体内容由单独的网页决定。

操作步骤：

（1）设置首选参数、网站设置和导入素材。

① 设置"首选参数"。（参见实验16）

② 定义本地网站，如网站名称为"计算机课程实验网站"、本地根文件夹为 C:\jsjsy。（参见实验16）

③ 打开资源管理器，复制素材文件夹中的 images 文件夹到已定义好的本地网站中。

（2）新建文档、保存框架网页。

① 新建框架网页：选择"文件|新建"命令，弹出"新建文档"对话框，在"类别"列表中选"框架集"，在"框架集"列表中选"上方固定、左侧嵌套"，弹出"框架标签辅助功能"对话框，在标题文本框中输入"框架网页"，如图 18-2 左图所示，单击"创建"按钮，打开一个未命名的框架网页，如图 18-2 右图所示。

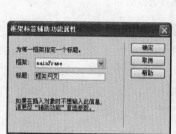
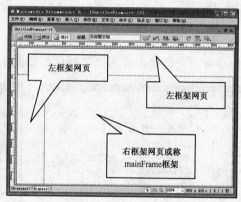

图 18-2　设置空白框架网页

② 编辑顶框架网页：将光标定位在顶框架网页中，选择"修改|页面属性"命令，弹出"页面属性"对话框，选择"分类"的"外观"项，单击"背景图像"右侧的下拉菜单，选择 images/bg.gif，分别在"左边距"和"上边距"文本框中输入数字 0，单击"确定"按钮，将图像 bg.gif 设为整个网页的背景并定位在网页左上部。

选择"插入|媒体|Flash"命令，选择 images/banner.swf 文件，单击"确认"按钮，插入 Flash 对象，可根据属性面板 Flash 对象的高度，拖动框架边线使 Flash 和顶框架高度适合，如图 18-3 所示。

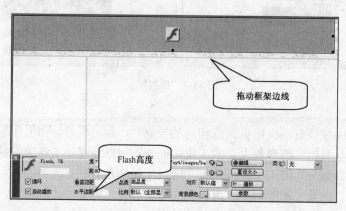

图 18-3　设置顶框架高度

③ 编辑左框架网页：将光标定位在左框架网页中，选择"修改|页面属性"命令，弹出"页面属性"对话框，选择"分类"的"外观"项，单击"背景图像"右侧的下拉菜单，选择 images/bg.gif，将图像 bg.gif 设为左框网页的背景，然后选择"分类"的"链接"项，分别设置"链接颜色"和"已访问链接"颜色为蓝色，设置"变换图像链接"为红色或自己喜欢的颜色，单击"下划线样式"右侧的下拉菜单，选"仅在变换图像时显示下划线"。

选择"插入|表格"命令，弹出"表格"对话框，设置表格为 4 行、1 列、宽度 95%、边框粗细 0，分别在各行中输入文字"层的概念"、"层时间轴动画"、层拖动动画"、"层显示和隐藏动画"，适当调整各单元格高度。

选中表格第一行中的文字"层的概念"，在属性面板"链接"文本框中输入"main.htm"，在"目标"下拉列表中选 mainFrame（即超链接目标在右框架 mainFrame 中打开），如图 18-4 所示。

用同样方法设置文字"层时间轴动画"链接到 cdh.htm、"层拖动动画"链接到 ctd.htm、"层显示和隐藏动画"链接到 cxs.htm，超链接目标都是右框架 mainFrame。

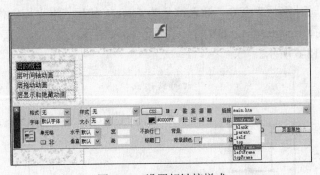

图 18-4　设置超链接样式

④ 编辑右框架网页：将图像 bg.gif 设为右框架网页的背景，然后打开所给的"文本.txt"文件，复制、粘贴文字到右框架网页中。

⑤ 保存框架、框架集网页和初览框架网页：将光标定位于顶框架网页任何位置，选择"文件|框架另存为"命令，保存为 top.htm。定位鼠标于左框架网页任何位置，选择"文件|框架另存为"命令，保存为 left.htm。将光标定位于右框架网页任何位置，选择"文件|框架另存为"命令，保存为 main.htm。单击任何框架网页的边框线，选择"文件|框架集另存为"命令，保存为 html_fl3_1.htm。按<F12>键或在资源管理器中双击 fl18_1.htm 文件预览框架网页的效果，如图 18-1 左上图所示。

【注意】有三个框架的框架网页，需要保存四个网页。

2．制作具有层、时间轴动画的网页，如图 18-5 所示。

图 18-5　层动画网页

分析：

在 Dreamweaver 中，层可以放置在网页文档的任何一个位置，层内可以放置网页文档中的其他构成元素，层可以自由移动，层与层之间还可以重叠。时间轴按照时间顺序来控制动作执行的过程，在时间轴中包含了制作动画时所必需的各种功能。

操作步骤：

（1）新建文档。

选择"文件|新建"命令，弹出"新建文档"对话框，在"类别"列表中选"基本页"，在"基本页"列表中选"HTML"，单击"创建"按钮，打开一个未命名的网页，在"标题"文本框中输入文字"时间轴动画"。设置图像 bg.gif 为网页的背景。

插入一个 2 行、1 列、宽度为 500、边框粗细为 0 的表格，第一行单元格高度为 30 像素，输入字体为华文行楷、大小 24 像素、居中的文字"时间轴动画"，第二行单元格高度为 370 像素。

（2）插入层和图像。

选择"插入|布局对象|层"命令，插入编号为 Layer1 的层。将光标定位于层中，选择"插入|图像"命令，选择 images/girl.gif 文件，在层上插入图像，分别拖动层的 3 个方向点使层与图像适合，如图 18-6 所示。

图 18-6　层上插入图像

（3）制作时间轴动画。

① 将层添加到时间轴：选择"窗体|时间轴"命令，显示时间轴，选中层并拖动层到时间轴的第一帧后，释放鼠标，如图 18-7 所示。

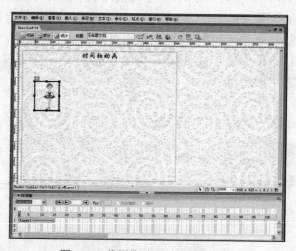

图 18-7　将层拖动到时间轴第一帧

② 设置动画起始位置：单击时间轴的第一帧，拖动层到表格第二行左侧垂直中间，定

位动画起始位置。

③ 设置动画终止位置：在时间轴上将第二个关键帧拖到第 120 帧位置，定位动画终止位置和起始位置重合并设置动画长度为 120 帧÷15 帧/秒=8 秒。

④ 增加关键帧和定位关键帧对应动画的位置：右键单击时间轴第 30 帧，在弹出的快捷菜单中选择"增加关键帧"，拖动层到表格第二行上部水平中间。类似地，在第 60 帧处增加关键帧，拖动层到表格第二行右侧垂直中间，在第 90 帧处增加关键帧，拖动层到表格第二行下部水平中间。勾选时间轴"自动播放"和"循环"复选框，实现打开网页时自动并循环播放动画，如图 18-8 所示。

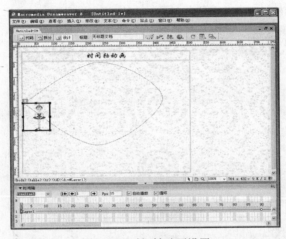

图 18-8　时间轴动画设置

（4）保存和浏览文档。

选择"文件|保存（或另存为）"命令，保存 cdh.htm 网页，按<F12>键浏览网页效果。

3．制作层可拖动的网页，如图 18-9 所示。

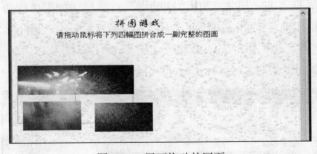

图 18-9　层可拖动的网页

分析：

拖动层动作允许访问者在网页中拖动层，使用此动作可以创建拼板游戏、滑块控件和其他可移动的界面元素。

操作步骤：

（1）新建文档。

选择"文件|新建"命令，弹出"新建文档"对话框，在"类别"列表中选"基本页"，在"基本页"列表中选"HTML"，单击"创建"按钮，打开一个未命名的网页，在"标题"文本框中输入文字"拼图游戏"。用图像文件 bg.gif 作为网页的背景。

插入一个 2 行、1 列、边框粗细为 0 的表格，第一行单元格高度为 30 像素，输入字体为华文行楷、大小为 24 像素、居中的文字"拼图游戏"，在第二行单元格中输入居中的文字"请拖动鼠标将下列四幅图拼合成一幅完整的图画"。

按两次回车键空两行，插入一个 2 行、2 列、宽度为 240 像素、边框粗细为 1、填充和间距都为 0 的表格，设置各单元格高度为 68 像素、宽度为 120 像素（取决于图像的高和宽度）。

（2）插入层和图像。

选择"插入|布局对象|层"命令，分别插入编号为 Layer1、Layer2、Layer3、Layer4 的四个层。分别在各个层上插入图像 01.jpg、02.jpg、03.jpg、04.jpg，拖动层的控制点调整层与图像大小，如图 18-10 所示。

图 18-10　插入层和图像的网页

（3）添加拖动层的行为。

选择"窗口|行为"命令，显示"行为"面板。在文档的最后单击鼠标，单击"行为"面板中的"+"号按钮，选"拖动层"，弹出"拖动层"对话框（如果"行为"面板中"拖动层"灰色无效，说明鼠标没有定位在文档最后的位置），选择"层"下拉列表中的 Layer1，如图 18-11 所示，按"确定"按钮，完成添加拖动层 Layer1 的行为。

使用同样方法添加拖动层 Layer2、Layer3 和 Layer4 的行为。

图 18-11　添加拖动层 Layer1 的行为

（4）保存和浏览文档。

选择"文件|保存（或另存为）"命令，保存 ctd.htm 网页，按<F12>键打开网页，浏览试用鼠标拖动图像的效果。

4．制作具有隐藏和显示层效果的网页，如图 18-12 所示。

图 18-12　具有隐藏和显示层效果的网页

分析：

网页中相互重叠的层之间可以通过"层隐藏和显示"，改变显示的层内容。

操作步骤：

（1）新建文档。

选择"文件|新建"命令，弹出"新建文档"对话框，在"类别"列表中选"基本页"，在"基本页"列表中选"HTML"，单击"创建"按钮，打开一个未命名的网页，在"标题"文本框中输入文字"隐藏和显示层"。设置图像 bg.gif 为网页的背景。

插入一个 3 行、4 列、宽度为 400 像素、边框粗细为 0、填充和间距都为 0 的表格，合并第一、二行的单元格，在第一行单元格中输入字体为华文行楷、大小为 24 像素、居中的文字"层隐藏和显示"，在第二行单元格中输入居中的文字"试拖动鼠标分别移过下列文字所在的单元格"，在第三行单元格中分别输入居中的文字"春"、"夏"、"秋"和"冬"，每个单元格设置任意背景颜色。

（2）插入层和图像。

选择"插入|布局对象|层"命令，分别插入编号为 Layer1、Layer2、Layer3、Layer4 的 4 个层。分别在各层上插入 spring.jpg、summer.jpg、autumn.jpg、winter.jpg 图像，然后拖动层重叠在一起，如图 18-13 所示。

图 18-13　层重叠在一起

（3）添加拖动层的行为。

选择"窗口|行为"命令，显示"行为"面板。定位鼠标在文字"春"所在单元格，再按住\<Ctrl\>键单击鼠标，选中"春"所在单元格，单击"行为"面板中的"+"号按钮，选"显

示—隐藏层"弹出"显示—隐藏层"对话框，单击"显示"和"隐藏"按钮，设置层"Layer1"
"显示"，层"Layer2"、"Layer3"和"Layer4""隐藏"，如图18-14左图所示，单击"确定"
按钮，在"行为"面板事件下拉列表中选 onMouseOver，如图18-14右图所示，完成在"春"
所在单元格添加"显示—隐藏层"的行为，该项设置实现了鼠标经过"春"单元格时，显示
Layer1 层和层上的图像 spring.jpg 的功能。

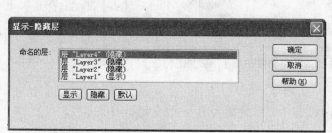 

图18-14　设置隐藏和显示层的行为

定位鼠标在文字"夏"所在单元格，再按住<Ctrl>键单击鼠标，选中"夏"所在单元格，
单击"行为"面板中的"+"号按钮，选"显示—隐藏层"弹出"显示—隐藏层"对话框，
单击"显示"和"隐藏"按钮，设置层"Layer2""显示"，层"Layer1"、"Layer3"和"Layer4"
"隐藏"。

使用同样方法添加"秋"和"冬"等单元格"显示—隐藏层"的行为。

（4）保存和浏览文档。

选择"文件|保存（或另存为）"命令，保存 cxs.htm 网页，按<F12>键浏览网页，试用鼠
标经过"春"、"夏"、"秋"和"冬"等各单元格时，显示、隐藏图像的效果。

三、实训

设计网页，要求如下：

（1）制作标题为"××××大学"的框架网页，主页采用"上方固定、左侧嵌套"的框架结
构，如图18-15所示。框架集名为 index.htm，上框架页名为 t.htm，左框架页名为 l.htm，主
框架网页名为 m.htm。

图18-15　框架结构的主页

（2）上框架网页使用 banner_th.jpg 图片。

（3）左框架网页插入 4 个垂直导航条，当鼠标分别经过各个栏目时，交换栏目名相同、颜色相异的图片。

（4）单击导航条"学生注册"栏目超链接，在主框架网页内显示注册网页，如图 18-16 所示。单击导航条"首页"栏目超链接，返回初始网页。

（5）在主框架网页上部插入文字"欢迎进入××××大学"，字体为华文新魏、大小为 36 像素、蓝色加粗、左右交替无背景色的滚动字幕。下部输入文本"××××大学 © 2011 版权所有，联系 mail:tianhua@××××.edu.cn|分辨率为 800×600"，给文字 tianhua@tianhua.edu.cn 添加同名电子邮件链接。（©为版权标志字符）

【提示】字幕滚动参考代码<marquee behavior="alternate" style="color:#0000ff ">。

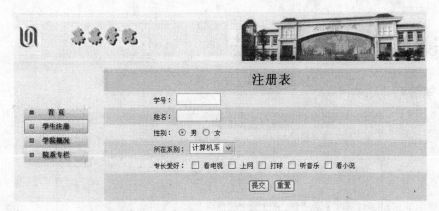

图 18-16 注册页

实验 19　网页综合应用

一、实验目的

1. 综合掌握制作网页的方法和技巧。
2. 掌握网页中 JavaScript 脚本的应用。

二、实验范例

制作如图 19-1 所示网页。

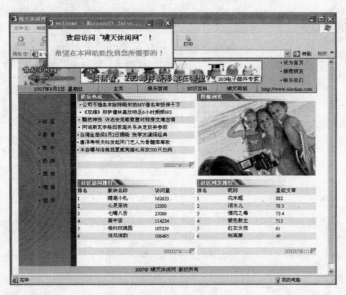

图 19-1　网页样例

分析：

网站设计时需要综合使用各种网页制作技术，使网站主题突出、布局合理、形式美观、导航通畅。

操作步骤：

（1）设置首选参数、网站和导入素材。

① 设置"首选参数"，定义本地网站，如网站名称为"计算机课程实验网站"、本地根文件夹为 C:\jsjsy（参见实验 16）。

② 打开资源管理器，复制素材中的 images 文件夹到已定义好的本地网站中。

（2）新建、保存文档和属性设置。

选择"文件|新建"命令，弹出"新建文档"对话框，在"类别"列表中选择"基本页"，

在"基本页"列表中选择"HTML"，单击"创建"按钮，打开一个未命名的网页，在"标题"文本框中输入文字"啸天休闲网"，保存文档为 fl19_1.htm。

选择"修改|页面属性"命令，弹出"页面属性"对话框，选择"分类"的"外观"项，设置文字大小"13 像素"、"左边距"和"上边距"都为 0，选择"分类"的"链接"项，分别设置"链接颜色"和"已访问链接"颜色为蓝色，设置"变换图像链接"为红色或自己喜欢的颜色，单击"下划线样式"右侧的下拉菜单，选"仅在变换图像时显示下划线"。

（3）插入布局表格和嵌套表格。

分析图 19-1 所示网页样例，整个网页首先用 4 行、1 列、宽度为 770 像素，填充、间距都为 0、居中的表格布局（黑色）。

在第 1 行单元格插入 3 行、3 列、宽度为 100%，填充、间距都为 0 的嵌套表格（红色）并命名表格 Id 为 t1，分别合并第 1 列 3 个单元格和第 2 列 3 个单元格。

在第 2 行单元格中插入 1 行、6 列、宽度为 100%，边框粗细为 1、填充、间距都为 0 的嵌套表格（绿色）并命名表格 Id 为 t2。

在第 3 行单元格插入 2 行、3 列、宽度为 100%，填充、间距都为 0 的嵌套表格（蓝色）并命名表格 Id 为 t3，并合并第 1 列 2 个单元格。再选中嵌套表格 t3 第 2、3 列 4 个单元格，在属性面板设置为垂直顶端对齐。在嵌套表格 t3 的第 2 列第 1、2 行单元格中分别插入 9 行 1 列和 9 行 3 列嵌套表格（棕色），在第 3 列第 1、2 行单元格中分别插入 2 行 1 列和 9 行 3 列嵌套表格（棕色），各嵌套表格宽度都为 98%，填充、间距都为 0、水平居中对齐，合并第一行和最后一行的单元格。

表格插入方法略，整个网页的布局表格和嵌套表格如图 19-2 所示。

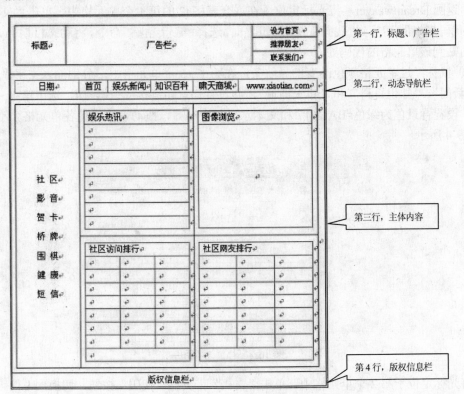

图 19-2　整个网页的布局表格和嵌套表格示意图

（4）制作标题、广告栏。

在嵌套表格 t1 第 1 列单元格中插入 images/logo.gif，在第 2 列单元格中插入 images/banner.gif，在第 3 列上、中、下 3 个单元格中分别插入文字"·设为首页"、"·推荐朋友"和"·联系我们"，并设置空链接#。

单击状态栏<table#t1>标签或单击嵌套表格 t1 的表格线选中表格，单击属性栏"背景颜色"按钮，弹出调色板，用吸管工具单击 logo.gif 图像的右侧绿色区域或在属性栏"背景颜色"文本框中输入#BAD617，设置表格背景色为绿色，如图 19-3 所示。

图 19-3　在嵌套表格 t1 中插入图像、文字和设置背景色

（5）制作具有获取当前日期和鼠标经过单元格颜色改变的导航条。

① 获取当前日期：打开文件 images/文本.txt，复制<script language=JavaScript>至</script>文本，返回 Dreamweaver，将光标定位于在嵌套表格 t2 的第 1 个单元格中，单击"文档"工具栏"代码"按钮，切换到"代码视图"编辑界面，选择"编辑|粘贴"命令，将动态日期 JavaScript 脚本粘贴到该单元格的代码处。

② 鼠标经过单元格颜色改变的导航条：在第 1～5 个单元格中，分别输入文字"首页"、"娱乐新闻"、"知识百科"和"啸天商城"，并设置任意超链接或空链接#，选中第 1～6 个单元格，设置背景色为绿色#BAD617 和文本水平居中对齐，拖动表格线使各单元格大小合适，如图 19-4 所示。

图 19-4　导航条制作

将光标定位于第 2 个单元格中，单击"文档"工具栏"代码"按钮，切换到"代码视图"编辑界面，将单元格颜色变化代码：OnMouseOver=javascript: style.backgroundColor="FFCC00"

OnMouseOut=javascript:style.backgroundColor=""插入到标记<td>的 ">"号前，使代码内容变为 <td width="100" OnMouseOver=javascript:style.backgroundColor="#FFCC00"OnMouseOut= javascript:style.backgroundColor ="">。用同样方法为第 3～5 个单元格添加单元格颜色变化代码。按<F12>键打开 IE，将鼠标移过上述单元格，浏览变色效果。

（6）主题信息制作。

① 设置背景图和插入文字、图像：将光标定位在嵌套表格 t3 的第 1 列单元格中，在属性面板的 "背景" 文本框中输入 "images/bg.gif" 或单击文本框 "背景" 右侧的 "浏览文件" 按钮，选择 images/bg.gif 背景图像，输入 "·社区"、"·影音"、"·贺卡"、"·桥牌"、"·围棋"、"·健康"、"·短信" 等文字，并为文字设置任意超链接或空链接。

设置嵌套表格 t3 的第 2、3 列 4 个单元格中的嵌套表格的第 1 行单元格背景为 images/bg01.gif，分别输入 "娱乐热讯"、"图像浏览"、"社区访问排行" 和 "社区网友排行" 等文字，文字为白色、粗体并在每个行首按几次空格键产生缩进，再给各嵌套表格的第 2、4、6 行设置淡灰色背景#F2F2F2 以修饰表格，如图 19-5 所示。

图 19-5　制作主体信息

在标题 "娱乐热讯"、"社区访问排行" 和 "社区网友排行" 等所在的表格中分别输入文字和在最后一行插入图像 images/more.gif 和 images/pic.gif 并设置为右对齐。

将光标定位于标题 "图像浏览" 所在表格的第 2 行单元格，插入图像 images/Image1.jpg 并命名为 "picture"，如图 19-6 所示。

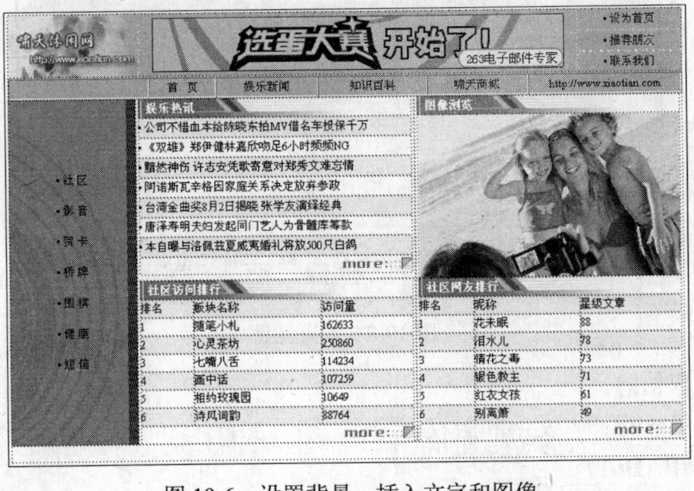

图 19-6　设置背景、插入文字和图像

② 添加图片定时和特效换片功能：

a．插入图片定时换片代码。

在资源管理器中，打开images\文本.txt文件，复制"图片定时、特效换片"下的\<body Onload ="startChange()"\>至\</script\>代码，返回Dreamweaver环境，单击"文档"工具栏"代码"按钮，切换到"代码视图"编辑界面，找到并选中\<body\>标签，选择"编辑|粘贴"命令，插入Javascript脚本，可根据自己的要求在脚本的注释处修改换片时间、数量等参数。

b．添加特效滤镜。

选择"窗口|CSS样式"菜单，打开"CSS样式"面板，单击面板下方的"+"号"新建CSS规则"按钮，弹出"新建CSS规则"对话框，选"选择器类型"为"类"，在"名称"文本框中输入"filter"，选"定义在"为"仅对该文档"，如图19-7所示。

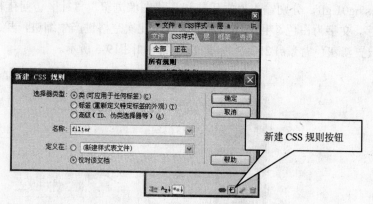

图19-7　"新建CSS规则"对话框背景

再单击"确定"按钮，弹出".filter的CSS规则定义"对话框，选"分类"的"扩展"，从"滤镜"下拉列表选RevealTrans(Duration=?, Transition=?)，并在两个"?"处分别输入 2 和20，如图19-8所示，单击"确定"按钮完成滤镜设置。

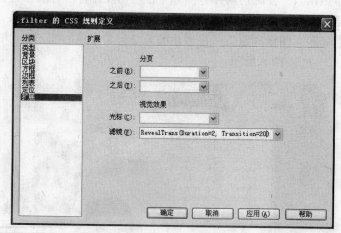

图19-8　设置滤镜

（7）制作版权信息。

在布局表格第4行插入文字和版权标记©，即"2011 © 啸天休闲网版权所有"，设置单元格背景为绿色#BAD617。

（8）添加打开浏览器窗口的行为。

打开浏览器窗口即在打开一个网页的同时再打开一个窗口大小可调，菜单栏、工具栏有或无的网页。

选择"文件|行为"命令，打开"行为"面板，单击面板上"+"号"添加行为"按钮选择"打开浏览器窗口"，弹出"打开浏览器窗口"对话框，单击"要显示 URL"右侧的"浏览"，选择 welcome.htm 网页，设置窗口宽度和高度为 300 像素和 100 像素，如图 19-9 所示，单击"确定"按钮，"打开浏览器窗口"对话框关闭，在"行为"面板上增加了一条打开浏览器窗口的行为事件。

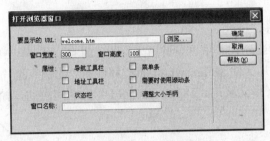

图 19-9　设置打开浏览器窗口

（9）保存和浏览文档。

选择"文件|保存（或另存为）"菜单命令，保存 html_fl4_1.htm 网页，按<F12>键浏览同时打开两个网页和图像自动切换的效果。

三、实训

根据下列要求设计网页，如图 19-10 所示。

图 19-10　实训网页

（1）用绘制布局单元格和插入表格相结合的方法建立网页主页 index.htm，上、左、右为布局单元格，上格中图片为 sl_bnd.gif。中间为在布局单元格中插入 5 行 1 列的表格，表格的填充、间距和边距均为 0，整个网页的背景为 bj3.jpg。

（2）在网页中间填入文本，素材见"石林.doc"，按样张格式化，标题白字红底。下方为表单上下分别插入水平线。

（3）上方图片在"科学石林"左插入图片（"旅游动态"）t1.gif，当鼠标点在上面时"显示弹出菜单"。

① 弹出内容：石林景区（超链接到"岁月足迹.jpg"）、黑松岩景区（超链接到"平衡石.jpg"）及长湖景区。

② 字体：宋体、12px，一般状态下为蓝色，单元格为灰色；滑过状态下为白色，单元格为蓝色。

③ 位置：垂直下挂，$x=50$，$y=50$。

（4）右边栏图片为 sl.gif，其中"导游风采"图片为 sl7.gif，单击时超链接到"dyfc.jpg"。

（5）左边图片为影片文件 shilin.swf（Flash 属性的"比例"选"严格匹配"）。在中间表格部位有"欢迎光临"（华文琥珀、18px、#6666FF）在其间游动，帧频为 3fps。

实验 20 Access 文件、表的建立与修改

一、实验目的

1. 掌握创建新的数据库（空白数据库）、打开与关闭数据库。
2. 学会创建表、创建主键，以及对数据表结构的编辑修改。
3. 掌握表数据的输入与编辑的方法，学会对数据表记录的排序、筛选和 Access 数据的导入与导出。
4. 了解表之间关系的建立。

二、实验范例

1. 新建、打开与关闭数据库。

分析：

Access 数据库文件的扩展名为"mdb"，除了页对象之外的其他数据库对象都是该数据库文件中的内容。如果关闭数据库窗口，所有基于该数据库的对象窗口都将被关闭。

操作步骤：

（1）新建数据库。

启动 Access 2003，选择"文件|新建"命令，在如图 20-1 所示"新建文件"任务窗格中，单击"空数据库"选项，在弹出的"文件新建数据库"对话框中，输入文件名"教学管理"，选择保存位置，单击"创建"按钮，即可在指定文件夹中创建名为"教学管理.mdb"的空白数据库。

图 20-1 新建数据库

提示：使用以上方法创建的是空数据库，此时，"教学管理"数据库中不包含任何数据库对象。

（2）打开与关闭数据库。

打开数据库：使用"文件|打开"命令，选择数据库文件，单击"打开"按钮。

关闭数据库：单击数据库窗口标题栏的"关闭"按钮，或使用"文件|关闭"命令，只关闭数据库，不退出 Access。

2．创建数据表。

分析：

数据表由表结构和表记录两部分组成。表是数据库中用来存放数据的对象，Access 的表以数据表格的形式出现，每一个表都有自己的表名和结构，表由字段和记录组成。

操作步骤：

在"教学管理.mdb"数据库中建立"学生表"，并将"学号"字段定义为主键，其结构如表 20-1 所示。

表 20-1　学生表的结构

字 段 名 称	数 据 类 型	字 段 大 小
学号	文本	9
姓名	文本	4
性别	文本	2
院系编号	文本	2
出生日期	日期/时间	短日期
简历	备注	
党员否	是/否	
籍贯	文本	4
照片	OLE 对象	

（1）在数据库窗口中单击"表"对象，选择"使用设计器创建表"，如图 20-2 所示。

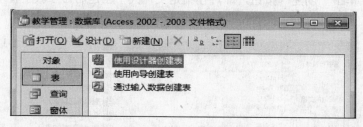

图 20-2　设计器创建表

（2）在弹出的"表 1：表"窗口中依次输入表 20-1 的内容，字段定义完成后右键单击"学号"字段，在快捷菜单中选择"主键"命令，单击工具栏"保存"按钮，在"另存为"对话框输入"学生表"，确定即可，如图 20-3 所示。

（3）用类似方法再建立两张表："成绩表"结构如表 20-2 所示，"课程表"结构如表 20-3 所示，并定义"课程表"中的"课程号"为主键。

图 20-3　学生表结构

表 20-2　成绩表的结构

字 段 名 称	数 据 类 型	大 小
学号	文本	9
课程号	文本	5
成绩	数字	4

表 20-3　课程表的结构

字 段 名 称	数 据 类 型	大 小
课程号	文本	5
课程名	文本	10
开课单位	文本	4
学时数	数字	2
学分	数字	2

3．设置字段属性。

分析：

字段属性是字段特征值的集合，分为常规属性和查阅属性两种，用来控制字段的操作方式和显示方式。

操作步骤：

（1）设置"学生表"中"性别"字段属性，定义有效性规则：只能输入文字"男"或"女"，有效性文本：只能输入"男"或"女"，设置效果如图 20-4 所示。

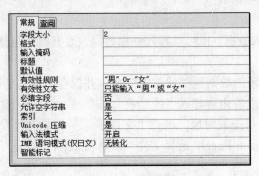

图 20-4　字段属性

（2）对"成绩表"的"课程号"字段设置索引（有重复）及必填字段，对"课程表"的"课程号"字段设置索引（无重复）及必填字段。

（3）将"学生表"的"出生日期"格式定义为"长日期"。

4. 表结构的修改。

分析：

表结构修改是在表设计中完成的，主要包括设置主键、插入字段、修改字段、删除字段、移动字段位置等。

操作步骤：

（1）在"学生表"中"出生日期"字段前插入一个新字段，字段名为"民族"，类型为"文本"，大小为"10"。

选中"学生表"，单击"设计"，进入表设计视图，右键单击"出生日期"字段，在快捷菜单中选择"插入行"命令，在空行上输入要插入的字段。

（2）在"学生表"中，将"党员否"字段与"简历"字段位置互换。

拖曳"党员否"字段至"简历"字段前即可。

（3）删除"民族"字段。

右键单击"民族"字段，在快捷菜单中选择"删除行"命令。

5. 数据表的管理。

分析：

数据表的管理是在表对象中操作的，主要包括表对象的复制、删除与重命名。

操作步骤：

复制"学生表"为"学生表1"（包括结构和记录）。

选择"学生表"，按下组合键<Ctrl>+C 和<Ctrl>+V，在弹出的"粘贴表方式"对话框中输入"学生表1"，如图 20-5 所示。

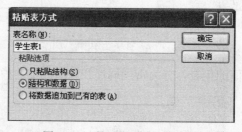

图 20-5　"粘贴表方式"对话框

6. 表数据的输入与编辑。

分析：

可以直接向表中输入数据，也可以导入外部数据。数据编辑包括修改、插入、删除记录。

操作步骤：

（1）输入表 20-4 所示的数据到"学生表"中，并保存所输入的数据。

（2）将"成绩表.xls"的内容导入"成绩表"。

① 在数据库窗口中单击表对象，选择"文件|获取外部数据|导入"命令，在"导入"窗口指定文件类型为 Microsoft Excel，选择文件"成绩表.xls"，进入导入数据表向导，如图 20-6 所示。

② 按"下一步"的提示，分别勾选"第一行包含列标题"、选择"成绩表"，直到完成。

③ 用类似方法将"课程表.xls"文件导入现有的数据表"课程表"内。

表 20-4　"学生表"记录内容

学　　号	姓　　名	性　　别	院系编号	出 生 日 期	党 员 否	籍　贯	简　历	照　片
063501433	王倩	女	01	1987 年 1 月 5 日	0	黑龙江		
063501437	颜俊	女	01	1989 年 8 月 14 日	0	山西		
063502112	王五	男	02	1989 年 1 月 1 日	−1	上海		
063505234	郭哲	男	05	1988 年 8 月 24 日	−1	河北		
063505235	张舞	男	05	1989 年 9 月 21 日	0	北京		
063506122	李一	女	06	1988 年 6 月 28 日	0	山东		
063506123	刘义霖	男	06	1989 年 1 月 15 日	0	浙江		
063509201	赵小真	男	09	1988 年 9 月 12 日	−1	云南		
063509202	张紫荆	女	09	1989 年 1 月 12 日	−1	江苏		
063510227	郝平素	女	10	1989 年 5 月 9 日	0	上海		

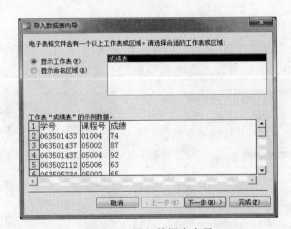

图 20-6　导入数据表向导

7. 数据表记录的排序、筛选。

分析：

记录排序可以按单关键字，也可以按多关键字。记录筛选是将符合筛选条件的记录显示出来。

操作步骤：

（1）对"成绩表"的记录，以"课程号"为第一关键字"升序"，"成绩"为第二关键字"降序"排序。

打开"成绩表"，选择"记录|筛选|高级筛选/排序"，在筛选窗口选字段"课程号"、"成绩"和排序方式"升序"、"降序"，如图 20-7 所示，再选择"筛选|应用筛选/排序"。排序后的结果如图 20-8 所示。

（2）对"学生表"数据进行筛选，筛选出上海、男生、党员的记录。

操作过程与步骤（1）类似，在相应字段下的"条件"行定义筛选条件，如图 20-9 所示。

（3）取消筛选、排序。

选择"记录|取消筛选/排序"命令，这时筛选和排序均被取消。

图 20-7　设置排序字段

图 20-8　排序结果

图 20-9　设置筛选条件

8. 创建表对象之间的关系。

分析：

表之间有 3 种关系：一对一、一对多、多对多。其中，多对多关系都被拆分成几个一对多关系。所以，只需建立表之间的一对一关系和一对多关系即可。建立关系以后，"一"方的表称为主表，"多"方的表称为子表，主表的关联字段必须是主键。

操作步骤：

（1）建立"学生表"与"成绩表"的一对多关联，实施参照完整性。

① 在数据库窗口选择"工具|关系"命令，弹出如图 20-10 所示"显示表"对话框，通过"添加"按钮分别将"学生表"、"成绩表"加入"关系"窗，如图 20-11 所示。

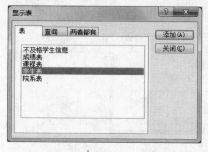

图 20-10　显示表对话框

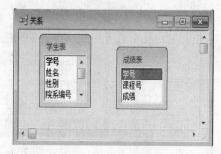

图 20-11　关系中显示表

② 用鼠标把"学生表"中的"学号"字段拖放至"成绩表"的"学号"字段上，弹出"编辑关系"对话框，勾选"实施参照完整性"、"级联更新相关记录"和"级联删除相关记录"，如图 20-12 所示，单击"创建"按钮，建立两表之间的关系，关系效果如图 20-13 所示。

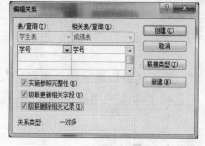

图 20-12　"编辑关系"对话框

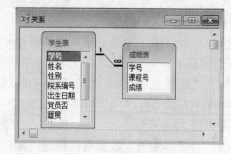

图 20-13　关系效果图

（2）删除关系。

单击要删除关系的连接线，按<Del>键删除关系。

三、实训

将配套的"教师与学生.mdb"文件，复制到 D 盘的 MYDB 文件夹下，按下列要求操作。

（1）在"教师与学生.mdb"数据库中建立"学生家庭情况表"，其结构如表 20-5 所示。

表 20-5　"学生家庭情况表"结构

字 段 名 称	数 据 类 型	字 段 大 小
学生编号	文本	6
性别	文本	2
出生年月	日期/时间	短日期
家庭住址	文本	50
邮政编码	文本	6
家庭电话	文本	8

（2）修改"学生家庭情况表"的结构，在"家庭住址"字段前添加一个字段，如表 20-6 所示。设置"学号"字段为主键，输入表的记录。表中的记录如表 20-7 所示。

表 20-6　添加字段

字 段 名 称	数 据 类 型	字 段 大 小
进校日期	日期/时间	短日期

表 20-7　"学生家庭情况表"记录

学生编号	性　别	出 生 年 月	进 校 日 期	家 庭 住 址	邮 政 编 码	家庭电话
000135	男	1985/5/5	2000/8/15	浦东新区龙东大道 2312 号 2014 室	200214	38715603
000227	男	1985/1/23	2000/8/15	浦东新区张杨路 201 弄 44 号 312 室	200120	54189897
000326	男	1985/5/6	2000/8/15	浦东新区民生路 414 号 A 座 1712 室	200135	58779310
000449	男	1985/7/23	2000/8/15	浦东新区浦东大道 1234 弄 17 号	200135	58631335
000105	女	1985/4/4	2000/8/15	黄浦区广东路 301 弄 23 号	200100	64101911
000201	女	1985/8/9	2000/8/15	虹口区四川中路 898 号 811 室	200102	73818493
000310	女	1985/3/8	2000/8/15	浦东新区东方路 2003 号 1415 室	200122	58903377

（3）导出"学生家庭情况表"中的数据，保存到 D 盘的 MYDB 文件夹中，文件名为"学生家庭情况表.xls"。将 D 盘 MYDB 文件夹中的"教师家庭情况表.xls"文件导入到数据库，并以"教师家庭情况表"命名。

（4）取消"学生成绩表"中隐藏的列。

（5）将"教师教育背景表"数据记录，按"来校工作年月"字段降序排序。

（6）将"学生成绩表"数据记录，按"语文"字段"降序"、"数学"字段"降序"、"外语"字段"降序"排序。

（7）在"课程表"中添加一条记录，数据为"06，政治"。

（8）删除"高一年级部分学生成绩表"中"学生编号"为"000135"的记录。

实验 21 Access 查询的创建

一、实验目的

1. 学会使用查询设计器创建选择查询、操作查询、参数查询、交叉表查询。
2. 学会多表查询。
3. 理解 SQL 查询。

二、实验范例

1. 选择查询。

分析：

选择查询是最常见的查询类型。它从一个或多个表中检索所需的数据，对记录进行分组并可进行总计、计数、平均值，以及其他的统计计算。在创建多表查询时，必须建立表之间的关系。

常用的查询视图有三种：设计视图、数据表视图、SQL 视图。查询设计视图如图 21-1 所示。

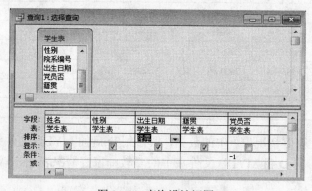

图 21-1　查询设计视图

设计视图窗口分上、下两部分，上面放置数据库表、显示关系和字段，下面为设计网格，网格中有如下行标题：

➤ 字段　查询工作表中所使用的字段名
➤ 表　　该字段来自的数据表
➤ 排序　是否按该字段排序
➤ 显示　该字段是否在结果集工作表中显示
➤ 条件　查询条件
➤ 或　　用来提供多个查询条件

操作步骤：（注：以下实验的数据库来源于配套的“素材”文件夹的“教学管理.mdb”。）

（1）以“学生表”为数据源建立查询，显示“姓名”、“性别”、“出生日期”、“籍贯”字段，按“出生日期”的降序排序，要求输出党员学生的信息，以“学生党员信息”命名查询。

① 确定对象：打开“教学管理”数据库，在数据库窗口中单击“查询”对象。

② 确定数据源：双击“在设计视图中创建查询”，弹出查询设计视图，在“显示表”窗口通过“添加”按钮，将“学生表”添加到查询设计视图窗口。

③ 确定字段：单击字段栏的下拉按钮选择所需字段“姓名”、“性别”、“出生日期”、“籍贯”、“党员否”。

④ 设置排序：在“出生年月”字段下的“排序”行选择“降序”。

⑤ 定义条件：在“党员否”字段下的“条件”行输入“-1”，取消“显示”行的勾选。

⑥ 保存查询：单击工具栏“保存”按钮，在弹出的对话框中输入查询名称“学生党员信息”。

⑦ 运行查询：单击工具栏上的“运行”按钮，查询结果如图 21-2 所示。

姓名	性别	出生日期	籍贯
张紫荆	女	1989年1月12日	江苏
王五	男	1989年1月1日	上海
赵小真	男	1988年9月12日	云南
郭哲	男	1988年8月24日	河北

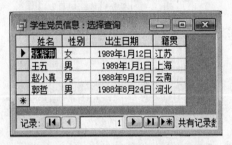

图 21-2　“学生党员信息”查询结果

⑧ 查看 SQL 视图：右击“学生党员信息”窗口的标题栏，在弹出的快捷菜单中选择 SQL 视图，查看 SQL 语句：

```
SELECT 学生表.姓名, 学生表.性别, 学生表.出生日期, 学生表.籍贯
FROM 学生表
WHERE (((学生表.党员否)=-1))
ORDER BY 学生表.出生日期 DESC;
```

（2）以“学生表”和“成绩表”为数据源建立查询，显示“姓名”、“性别”、“课程号”、“成绩”字段，以“课程号”为第一关键字按“升序”、“成绩”为第二关键字按“降序”排序，要求输出成绩在 60～80 分之间的记录，产生如图 21-3 所示的查询结果。

姓名	性别	课程号	成绩
赵小真	男	01003	75.0
王倩	女	01004	74.0
郭哲	男	05002	65.0
张紫荆	女	05004	78.0
王五	男	05006	63.0
张舞	男	05012	77.0

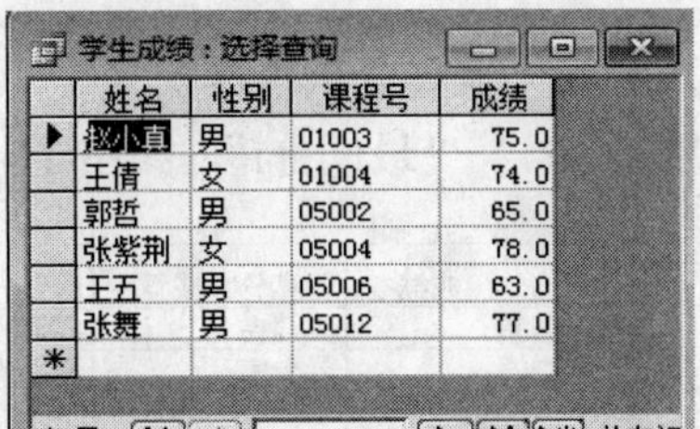

图 21-3　“学生成绩”查询结果

按图 21-4 所示完成查询设置，以“学生成绩”命名查询即可。

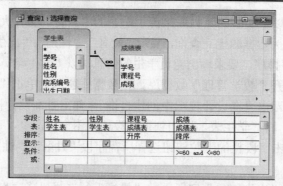

图 21-4 "学生成绩"查询设计视图

（3）以"课程表"、"成绩表"为数据源建立查询，显示"课程名"、"平均分"、"最高分"、"最低分"等统计数据，效果如图 21-5 所示。

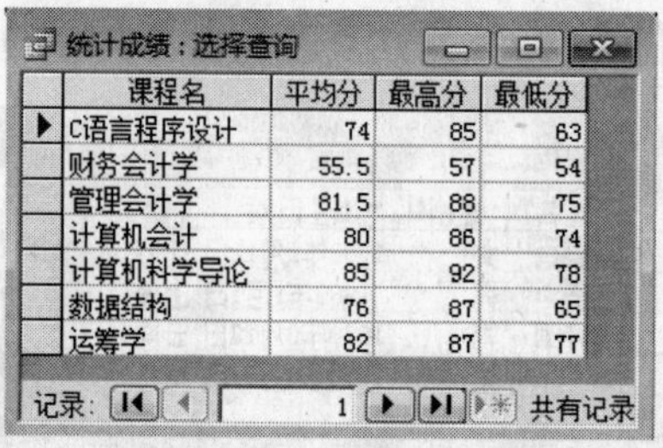

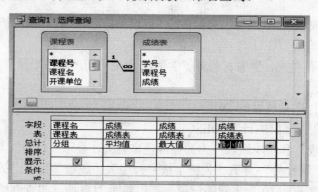

图 21-5 "统计成绩"查询结果

按图 21-6 所示完成查询设置，以"统计成绩"命名查询。

图 21-6 "统计成绩"查询设计视图

为了能在标题行输出"平均分"、"最高分"、"最低分"，可在图 21-6 所示的 3 个"成绩"字段前分别输入"平均分:"、"最高分:"、"最低分:"，如图 21-7 所示。

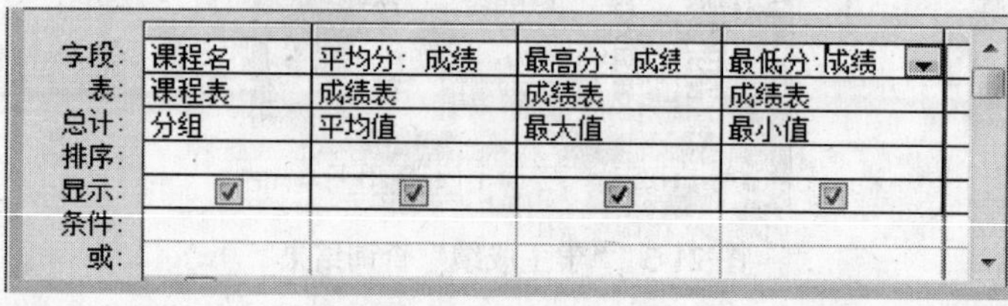

字段:	课程名	平均分: 成绩	最高分: 成绩	最低分: 成绩
表:	课程表	成绩表	成绩表	成绩表
总计:	分组	平均值	最大值	最小值
排序:				
显示:	☑	☑	☑	☑
条件:				
或:				

图 21-7 更改标题后的"统计成绩"查询设计视图

2. 操作查询。

分析:

操作查询只需进行一次操作就可以对许多记录进行更改和移动。操作查询有四种方式: 生成表查询、追加查询、更新查询及删除查询, 操作查询需要用"运行"命令使查询生效。

操作步骤:

(1) 生成表查询。

以"院系表"、"教师工资"为数据源建立生成表查询, 显示"院系名称"、"姓名"、"性别"、"学历"、"职称", 要求查找出"会计系"的教师记录, 并把查询结果写入新表"院系教师信息"。

按图 21-8 所示完成查询设置, 以"生成院系教师信息"命名查询。

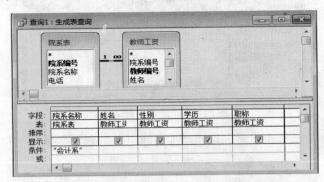

图 21-8　"生成院系教师信息"查询设计视图

要把查询结果写入新表, 选择"查询|生成表查询"命令, 在如图 21-9 所示的"生成表"对话框中输入新表名称。

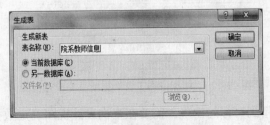

图 21-9　"生成表"对话框

(2) 追加查询。

以"院系表"、"教师工资"为数据源建立追加查询, 显示"院系名称"、"姓名"、"性别"、"学历"、"职称", 要求查询出"中文系和金融系讲师"的教师记录, 并把查询结果追加到现有的"院系教师信息"表中。

按图 21-10 所示完成查询设置, 以"追加院系教师信息"命名查询。

图 21-10 中的"追加到"行的出现, 需要在查询设计视图确定数据源后, 选择"查询|追加查询"命令, 在如图 21-11 所示"追加"对话框中选择"院系教师信息"表, 查询设计视图中的第 4 行"显示"会转换为"追加到"。

(3) 更新查询。

以"教师工资"为数据源建立更新查询, 要求对"职称"为"讲师"的教师, 其"基本工资"增加 20%, "奖金"增加 200 元。

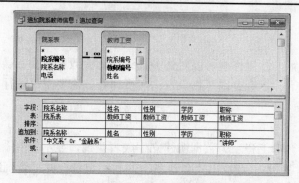

图 21-10　"追加院系教师信息"设计视图

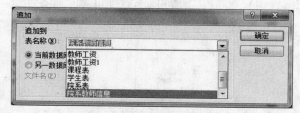

图 21-11　"追加"对话框

按图 21-12 所示完成查询设置，以"增加讲师工资"命名查询。

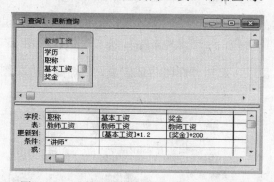

图 21-12　"增加讲师工资"更新查询设计视图

图 21-12 中的"更新到"行的出现，需要在查询设计视图确定数据源后，选择"查询|更新查询"命令完成转换。

（4）删除查询。

以"成绩表 1"为数据源建立删除查询，要求将成绩低于 60 分的记录删除。

按图 21-13 所示完成查询设置，以"删除不及格学生成绩"命名查询。在查询设计视图确定数据源后，选择"查询|删除查询"命令，将查询转换成删除查询。

3．参数查询。

分析：

参数查询在运行查询时，会提供一个对话框，允许用户输入一个参数形成动态条件来查找相关记录。例如，以"院系编号"为参数的查询，可根据不同的编号获取不同结果。

操作步骤：

（1）以"院系表"、"学生表"、"课程表"、"成绩表"为数据源，建立以"院系编号"为参数的查询，结果显示"院系名称"、"姓名"、"课程名"、"成绩"。

图 21-13　"删除不及格学生成绩"设计视图

（2）按图 21-14 所示完成查询设置，以"院系编号为参数"命名查询。

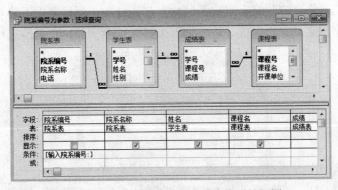

图 21-14　"院系编号"的参数查询设计视图

（3）在"院系编号"字段下的"条件"行输入"[输入院系编号:]"，取消"显示"行的勾选，形成以"院系编号"为参数的查询。运行查询时，弹出输入参数对话框，如图 21-15 所示，对话框的提示文字为"条件"行方括号内的字符。输入"01"，查询结果如图 21-16 所示。

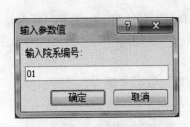

图 21-15　输入参数对话框

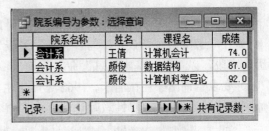

图 21-16　查询结果

4. 交叉表查询。

分析：

交叉表查询是一种从水平和垂直两个方向对数据表进行分组统计的查询方法，用独特的概括形式返回表的统计数字。

操作步骤：

（1）以"院系表"、"教师工资"为数据源建交叉表查询，查询各院系各类职称人数。

（2）按图 21-17 所示完成查询设置，以"各院系各类职称人数"命名查询。

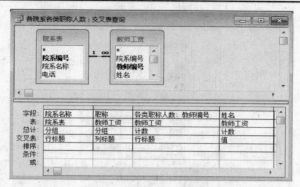

图 21-17 “各院系各类职称人数”交叉表设计视图

（3）图 21-17 中的“交叉表”行的出现，需要在查询设计视图确定数据源后，选择“查询|交叉表查询”命令完成转换。

（4）行标题表示将对应分组字段按不同内容产生 *n* 行；列标题表示将对应分组字段不同内容水平展开，作为交叉表的标题；计数处理可以选任意字段，查询结果如图 21-18 所示。

各院系各类职称人数：交叉表查...

院系名称	各类职称人数	副教授	讲师	教授
保险系	2	2		
财政系	2		2	
会计系	3		1	2
金融系	2	1	1	
信息系	3	1	2	
中文系	3		2	1

记录：1 共有记录数：

图 21-18 “各院系各类职称人数”查询结果

三、实训

将配套的“教师与学生.mdb”文件，复制到 D 盘的 MYDB 文件夹下，按下列要求操作。

（1）在“教师教育背景表”与“教师编号表”中查询出“教师编号”、“姓名”、“专业”、“学历”字段，以“教师基本信息”命名查询。

（2）要求查询出家住在浦东、1962 年后出生的男性教师，数据来源为“教师编号表”和“教师家庭情况表”，以“男性教师住址查询”命名查询，查询结果如图 21-19 所示。

男性教师住址查询：选择查询

教师编号	姓名	出生年月	住址	邮政编码	住宅电话
09003	俞晓东	1962/4/8	浦东新区成山路763弄1号304室	200126	58836711
12005	王寅成	1968/12/9	浦东新区成山路763弄1号401室	200126	58836834
04002	何柯金	1974/2/25	浦东新区上南路1743号1403室	200151	78446312
05001	沈云彪	1966/4/7	浦东新区灵山路771弄9号304室	200120	58537704
05002	陈晓俊	967/10/16	浦东新区金桥路288弄23号401室	200129	54778837

图 21-19 “男性教师住址查询”结果

（3）要求查询出“教师编号”、“教师业务档案及收入表”中月工资超过 2 000 元并且小于 2 600 元的教师，添加一个名为“实发工资”的表达式（实发工资=月工资+奖金+超课时津贴+班主任津贴），并以“实发工资”的“升序”排列，以“部分教师工资查询”命名查询，查询结果如图 21-20 所示。

部分教师工资查询：选择查询

姓名	任教学科	职称	月工资	奖金	超课时津贴	班主任津贴	实发工资
陈希雯	语文	中教一级	¥2,100.00	¥400.00	¥150.00	¥0.00	¥2,650.00
周晓婷	音乐	中学一级	¥2,100.00	¥400.00	¥300.00	¥0.00	¥2,800.00
李猛寅	物理	中学一级	¥2,100.00	¥400.00	¥500.00	¥0.00	¥3,000.00
陆晨宁	数学	中教一级	¥2,200.00	¥400.00	¥350.00	¥300.00	¥3,250.00
李玉	历史	中学一级	¥2,300.00	¥400.00	¥250.00	¥0.00	¥2,950.00
林烨岚	体育	中学高级	¥2,300.00	¥500.00	¥300.00	¥0.00	¥3,100.00

图 21-20 “部分教师工资查询”结果

（4）计算“学生成绩表”中“高三”所有课程的平均分，以“高三平均分查询”命名查询，查询结果如图 21-21 所示。

高三平均分查询：选择查询

语文平均分	数学平均分	外语平均分	物理平均分	化学平均分
79.1	83.7	86	83.5	83.6666666667

记录：1　共有记录数：1

图 21-21 “高三平均分查询”结果

（5）统计“学生成绩表”中各年级的人数及语文最高分、语文最低分、语文平均分，以“各年级语文情况统计”命名查询，查询结果如图 21-22 所示。

各年级语文情况统计：选择查询

年级	人数	语文最高分	语文最低分	语文平均分
高二	40	91	56	79.25
高三	20	93	52	79.1
高一	56	87	58	78.01785714286

记录：1　共有记录数：3

图 21-22 “各年级语文情况统计”查询结果

（6）建立一个名为“各年级学生成绩”的查询，数据来源为“学生成绩表”与“学生编号表”，要求包含“学生编号”、“姓名”、“年级”、“语文”、“数学”、“外语”、“物理”、“化学”字段。

（7）以“各年级学生成绩”查询为数据源，建立交叉表查询，查询出每个学生“高一”、“高二”、“高三”的语文平均分，以“学生年级语文平均成绩”命名查询，查询结果如图 21-23 所示。

学生各年级语文平均成绩：交叉表查询

学生编号	姓名	语文平均分	高二	高三	高一
000105	马凌骏	88.6666666667	86	93	87
000135	倪嘉敏	83.6666666667	83	85	83
000201	吴惠萍	84.3333333333	84	91	78
000227	杨元斌	81.3333333333	81	76	87
000310	郑伊晨	83	81	85	83
000326	韩耀铭	83	83	88	78
000415	孙霞萍	79	77	80	80
000449	俞洋	81.6666666667	87	76	82
000513	薛慧瑾	81.6666666667	78	84	83
000531	陈永康	75	75	75	75
000604	陈璐瑛	85.3333333333	87	87	82
000629	李麟	79.3333333333	72	86	80
000707	盛晓莹	81.6666666667	91	76	78
000726	张秉政	80	83	82	75
000817	刘莹	76.3333333333	81	72	76
000847	钱维廉	65	85	52	58

记录：1　共有记录数：56

图 21-23 “学生年级语文平均成绩”查询结果

实验 22　窗体和报表的创建

一、实验目的

1. 学会在设计视图中创建窗体。
2. 掌握窗体设计常用控件的使用和窗体属性的设置。
3. 学会在设计视图中创建报表。
4. 掌握报表设计常用控件的使用。

二、实验范例

1. 利用设计视图建立窗体。

分析：

人机界面设计的优劣直接反映出计算机应用系统的设计效果和设计水平，在 Access 数据库系统中，窗体对象是应用系统提供的最主要的操作界面对象。在设计完成数据库中的"表对象"及"查询对象"后，就可以为人机系统设计窗体了。

操作步骤：

使用设计视图建立一个基于"学生表"、"成绩表"、"课程表"的窗体，窗体名称为"学生成绩预览"。

（1）在"教学管理"数据库窗口中选择窗体对象，在"窗体"对象窗口中单击 新建(N)，在弹出的"新建窗体"对话框中选择"设计视图"，在"请选择该对象数据的来源表或查询："下拉式列表框中选择"学生表"，单击"确定"按钮。

（2）拖曳"学号"、"姓名"、"性别"、"籍贯"、"照片"字段到设计网格中合适的位置，如图 22-1 上半部分所示。（注：如果"字段列表"没有显示，可以单击"视图"菜单下的"字段列表"命令显示该列表框。）

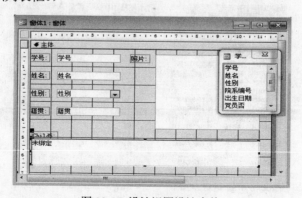

图 22-1　设计视图设计窗体

（3）选择"工具箱"的"子窗体/子报表"按钮，在设计网格区域中拖曳出大小合适的"子窗体"，如图 22-1 下半部分未绑定区域所示。

（4）在弹出的"子窗体向导"窗口中选择"使用现有的表和查询"单选按钮，单击"下一步"按钮。在"表/查询"下拉式菜单中选中"课程表"，添加"课程名"字段到"选定的字段"列表框中，在"表/查询"下拉式菜单中选中"成绩表"，添加"成绩"字段到"选定的字段"列表框中，单击"下一步"按钮，选择"从列表中选择"，单击"下一步"按钮。

（5）指定子窗体名为"成绩表"，单击"完成"按钮。单击工具栏上的"保存"按钮，在"另存为"对话框中输入"学生成绩预览"。在教学管理数据库窗体对象中双击"学生成绩预览"，如图 22-2 所示。

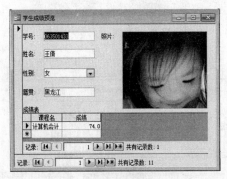

图 22-2　"学生成绩预览"窗体

2．利用设计视图创建报表。

分析：

报表是以打印格式显示数据的一种有效方式，报表的数据可以来源于数据库中的一个或多个表或查询。通过查询报表可以从多个表中收集用户需要的数据。这时，创建报表必须选择"查询或表"并把字段显示在报表上。可以说，如果希望在多个表中访问数据来产生报表，一般的方法是将报表和查询绑定在一起。

操作步骤：

（1）创建查询。

按图 22-3 所示创建学生成绩信息查询，并命名查询为"查询报告用学生成绩信息"。

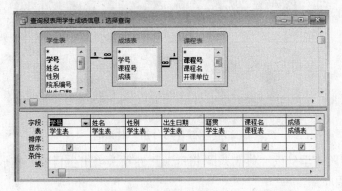

图 22-3　"查询报告用学生成绩信息"设计视图

（2）创建报表并与查询绑定。

在数据库窗口中，单击"报表"对象，在工具栏上单击"新建"按钮，打开如图 22-4

所示"新建报表"对话框，指定数据源"查询报告用学生成绩信息"，选择"设计视图"，进入如图 22-5 所示的报表设计视图。

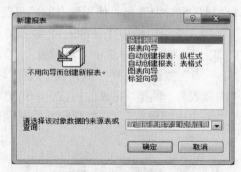

图 22-4　"新建报表"对话框

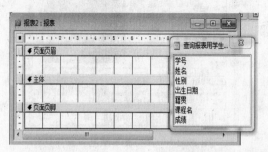

图 22-5　报表设计视图

（3）设计报表。

要求按"学号"分组，每组内按"成绩"降序排列数据，将所需的字段拖放到相应的节中，在"学号页脚"节中添加"文本框"控件。

① 单击工具栏上的"排序与分组"按钮，显示"排序与分组"对话框。选择按"学号"分组，"组页眉"选"是"，"组页脚"选"是"；按"成绩"降序排列，对话框的设置如图 22-6 所示。

图 22-6　"排序与分组"对话框

② 分别将字段"学号"、"姓名"、"籍贯"、"性别"、"出生日期"拖放到"学号页眉"节中，并调整页眉布局。

③ 将"课程名"字段拖放到"主体"节中，并删除其标签，用类似方法对"成绩"字段进行操作，并调整主体布局。

④ 在"学号页脚"节中插入"文本框"控件，标签名为"平均成绩："，在文本框内输

入表达式"=Avg([成绩])",设计视图如图22-7所示。

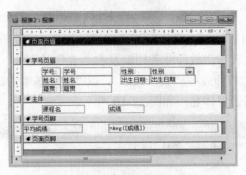

图22-7 添加字段和控件后的设计视图

(4) 美化报表。

在"页面页眉"节中插入一个"标签"控件,输入文字"学生成绩报表",设置字体为"华文彩云"、字号为"20"、加粗,设置该节背景色(用"页面页眉"属性设置)。类似地,对"学号页脚"节中的"文本框"设置背景色(用"文本框"属性设置),美化后效果如图22-8所示。

图22-8 美化后的报表设计视图

保存报表,以"学生成绩报表"命名报表,打印预览效果如图22-9所示。

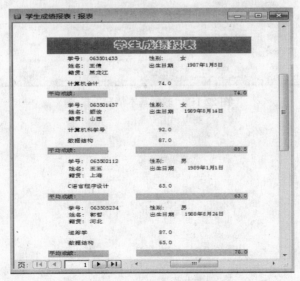

图22-9 报表打印预览效果

三、实训

（1）分别使用"使用向导创建窗体"与"在设计视图中创建窗体"，建立一个基于"教师编号"、"教师教育背景表"、"教师业务档案及收入表"的窗体，主窗体名称为"教师基本情况"，子窗体的名称为"教师业务档案及收入"，以"教师基本情况"命名主窗体名，以"教师业务档案及收入"命名子窗体名，如图22-10所示。

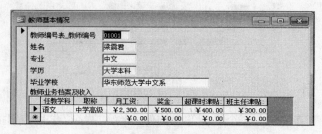

图22-10　"教师基本情况"窗体

（2）分别使用"使用向导创建报表"与"在设计视图中创建报表"，建立一个基于"教师编号"、"教师教育背景表"、"教师业务档案及收入表"的报表，报表标题为"教师基本情况表"，以"教师基本情况"命名报表，如图22-11所示。

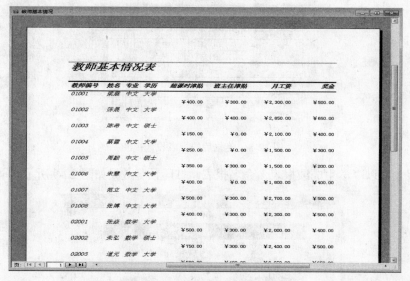

图22-11　"教师基本情况"报表

第 二 部 分

基 础 知 识

基础知识1　计算机基础

一、单选题

1. 一般认为，信息（information）是＿＿＿＿＿。
   A. 数据
   B. 人们关心的事情的消息
   C. 反映物质及其运动属性及特征的原始事实
   D. 记录下来的可鉴别的符号

2. 信息技术是在信息处理中所采取的技术和方法，也可看做是＿＿＿＿＿。
   A. 信息存储功能　　　　　　　　　B. 扩展人感觉和记忆功能
   C. 信息采集功能　　　　　　　　　D. 信息传递功能

3. 现代信息技术的主体技术是＿＿＿＿＿等。
   A. 新材料和新能量
   B. 电子技术、微电子技术、激光技术
   C. 计算机技术、通信技术、控制技术
   D. 信息技术在人类生产和生活中的各种具体应用

4. 信息安全的含义包括数据安全和＿＿＿＿＿。
   A. 人员安全　　　B. 计算机设备安全　　C. 网络安全　　　　D. 通信安全

5. 信息安全的 4 大隐患是：计算机犯罪、计算机病毒、＿＿＿＿＿和计算机设备的物理性破坏。
   A. 自然灾害　　　　B. 网络盗窃　　　　C. 误操作　　　　D. 软件盗版

6. 计算机病毒主要是对＿＿＿＿＿造成破坏。
   A. 磁盘　　　　　　B. 主机　　　　　　C. 光盘驱动器　　D. 程序和数据

7. "蠕虫"病毒往往是通过＿＿＿＿＿进入其他计算机系统的。
   A. 软件　　　　　　B. 系统　　　　　　C. 网络　　　　　D. 防火墙

8. 在电子商务中的网上购物中，企业对消费者的模式简称＿＿＿＿＿。
   A. B2C　　　　　　B. C2C　　　　　　C. B2B　　　　　D. C2B

9. 冯·诺依曼结构的计算机是将计算机划分为运算器、存储器、＿＿＿＿＿、输入和输出设备五大基本部件。
   A. 总线　　　　　　B. 中央处理器　　　C. 控制器　　　　D. 硬盘

10. 计算机中能被 CPU 直接存取的信息是存放在＿＿＿＿＿中。
    A. 软盘　　　　　B. 硬盘　　　　　　C. 光盘　　　　　D. 内存

11. 计算机断电或重新启动后，＿＿＿＿＿中的信息丢失。
    A. CD-ROM　　　B. RAM　　　　　C. 光盘　　　　　D. 硬盘

12. 高速缓冲器 Cache 是介于 CPU 和内存之间的容量较小、但速度接近于＿＿＿＿＿的存储器。

　A．CPU　　　　　　　B．硬盘　　　　　　　C．主板　　　　　　　D．内存

13．计算机系统的内部总线，主要可分为＿＿＿＿＿＿、数据总线和地址总线。

　A．DMA 总线　　　　B．控制总线　　　　　C．PCI 总线　　　　　D．RS-232

14．数据通信的系统模型由＿＿＿＿＿＿三部分组成。

　A．数据、通信设备和计算机　　　　　　　B．数据源、数据通信网和数据宿

　C．发送设备、同轴电缆和接收设备　　　　D．计算机、连接电缆和网络设备

15．D/A 转换器的功能是将＿＿＿＿＿＿。

　A．声音转换为模拟量　　　　　　　　　　B．模拟量转换为数字量

　C．数字量转换为模拟量　　　　　　　　　D．数字量和模拟量混合处理

16．下列计算机常用的数据通信接口中，传输速率最高的是＿＿＿＿＿＿。

　A．USB 1.1　　　　　B．USB 2.0　　　　　C．RS-232　　　　　　D．IEEE 1394

17．二进制数 10001001011 转换为十进制数是＿＿＿＿＿＿。

　A．1 077　　　　　　B．1 099　　　　　　C．2 099　　　　　　　D．2 077

18．十六进制数 ABCDE 转换为十进制数是＿＿＿＿＿＿。

　A．713 710　　　　　B．703 710　　　　　C．693 710　　　　　　D．371 070

19．十进制数 777 转换为二进制数是＿＿＿＿＿＿。

　A．1100001111　　　B．1100001001　　　C．1100001101　　　　D．1111111111

20．在教学中利用计算机软件给学生演示教学内容，这种信息技术应用属于＿＿＿＿＿＿。

　A．数据处理　　　　　B．辅助教学　　　　　C．自动控制　　　　　D．辅助设计

21．人们根据特定的需要，预先为计算机编制的指令序列称为＿＿＿＿＿＿。

　A．软件　　　　　　　B．文件　　　　　　　C．集合　　　　　　　D．程序

22．如果要使一台微型计算机能运行，除硬件外，必须有的软件是＿＿＿＿＿＿。

　A．数据库系统　　　　B．应用软件　　　　　C．语言处理程序　　　D．操作系统

23．计算机软件可以分为两大类：＿＿＿＿＿＿。

　A．应用软件和数据库软件　　　　　　　　B．管理软件和应用软件

　C．系统软件和编译软件　　　　　　　　　D．系统软件和应用软件

24．打印机的传输线要和主机的打印端口相连，最常用的并行端口是＿＿＿＿＿＿。

　A．COM　　　　　　　B．LPT　　　　　　　C．USB　　　　　　　D．1394

25．串行接口 RS-232 和 USB 相比较，在速度上是＿＿＿＿＿＿。

　A．USB 快　　　　　　B．相同的　　　　　　C．RS-232 快　　　　D．不确定

26．用一个字节表示不带符号的数，转换成十进制整数，其最大值是＿＿＿＿＿＿。

　A．127　　　　　　　B．128　　　　　　　C．255　　　　　　　　D．256

27．用 24 位二进制数表示每个像素的颜色时，能表示颜色可多达＿＿＿＿＿＿种。

　A．2 的 24 次方　　　B．10 的 24 次方　　C．2 400　　　　　　　D．24

28．Java 是一种＿＿＿＿＿＿。

　A．计算机语言　　　　B．计算机设备　　　　C．数据库　　　　　　D．应用软件

29．计算机硬件能直接识别和执行的只有＿＿＿＿＿＿。

　A．高级语言　　　　　B．符号语言　　　　　C．汇编语言　　　　　D．机器语言

30．高级语言可分为面向过程和面向对象两大类，下面＿＿＿＿＿＿不属于面向对象的高级

语言。

    A．FORTRAN　　　　B．C++　　　　　　　C．Java　　　　　　　D．VB.Net

【参考答案】

1	C	2	B	3	C	4	B	5	C	6	D	7	C	8	A	9	C	10	D
11	B	12	A	13	B	14	B	15	C	16	D	17	B	18	B	19	B	20	A
21	D	22	D	23	D	24	B	25	A	26	C	27	A	28	A	29	D	30	A

二、多选题

1．现代信息技术的内容包括_____技术、信息控制技术和信息存储技术。
    A．信息获取　　　　B．信息传输　　　　　C．信息处理　　　　　D．信息推销

2．直接连接存储是当前最常用的存储形式，主要存储部件包括_____。
    A．硬盘　　　　　　B．软盘　　　　　　　C．磁带　　　　　　　D．光盘

3．信息家电一般与_____有关。
    A．嵌入式操作系统　B．嵌入式微处理器　C．应用层软件　　　　D．网络技术

4．计算机要执行一条指令，CPU 所涉及的操作除取指令外，还应该包括下列的_____。
    A．指令译码　　　　B．指令执行　　　　　C．存放结果　　　　　D．读写磁盘

5．计算机断电或重新启动后，_____中的信息不会丢失。
    A．已存放在硬盘　　B．Cache　　　　　　C．ROM　　　　　　　D．RAM

6．下列属于工具软件的是_____。
    A．各类驱动程序　　B．FTP 工具　　　　　C．BIOS 升级程序　　D．电子邮件

7．下面有关数制的说法中，正确的是_____。
    A．二进制数制仅含数符 0 和 1
    B．十进制 16 等于十六进制 10
    C．一个数字串的某数符可能为 0，但任一数位上的"权值"不可能是 0
    D．常用计算机内部一切数据都是以十进制为运算单位的

8．语言处理（翻译）程序有_____。
    A．汇编程序　　　　B．解释程序　　　　　C．编译程序　　　　　D．运行程序

9．计算机病毒的防治要从_____三方面来进行。
    A．预防　　　　　　B．监测　　　　　　　C．清除　　　　　　　D．验证

10．计算机病毒的感染途径有很多，主要有_____。
    A．网络传输　　　　　　　　　　　　B．随便使用他人的移动存储
    C．使用非法盗版软件　　　　　　　　D．利用计算机休眠功能

11．以下不属于计算机外部设备的是_____。
    A．数码相机　　　　B．内存　　　　　　　C．HUB　　　　　　　D．CPU

12．"3C 技术"是信息技术的主体，它是_____的合称。
    A．通信技术　　　　B．微电子技术　　　　C．计算机技术　　　　D．控制技术

13．USB 接口目前被广泛地应用，其优点包括_____。

　　　A. 传输速度较高　　　　　　　　　B. 传输距离远

　　　C. 可接入多种设备　　　　　　　　D. 支持热插拔

14．计算机病毒一般具有破坏性和_____特性。

　　　A. 传染性　　　　　B. 隐蔽性　　　　C. 潜伏性　　　　D. 长期性

15．信息技术的发展经历了语言的利用、_____和计算机技术的发明等五次重大变革。

　　　A. 文字的发明　　　B. 印刷术的发明　　C. 电报的发明　　D. 电信的革命

16．计算机道德大致包含_____等几方面。

　　　A. 遵守使用规则　　B. 履行保密义务　　C. 保护个人隐私　　D. 禁止恶意攻击

【参考答案】

1	ABC	2	ACD	3	ABC	4	ABC	5	AC	6	BCD	7	ABC	8	ABC
9	ABC	10	ABC	11	BC	12	ACD	13	ACD	14	ABC	15	ABD	16	ABCD

三、填空题

　　1．物质、能源和_____是人类社会赖以生存、发展的三大重要资源。

　　2．信息可以由一种形态_____另一种形态，是信息的特征之一。

　　3．信息处理技术就是对获取的信息进行识别、转换、_____，保证信息安全、可靠地存储。

　　4．电子商务的安全保障主要通过加密技术、_____和安全电子商务的支付规范来保证。

　　5．现代通信技术正在沿着_____、宽带化、高速化和智能化、综合化、网络化的方向迅速发展。

　　6．计算机辅助设计是计算机重要应用领域之一，它的英文缩写是_____。

　　7．存储器分内存储器和外存储器，内存又叫_____，外存也叫_____。

　　8．CPU 与存储器之间在速度的匹配方面存在着矛盾，一般采用多级存储系统层次结构 Cache-Memory-Disk 来解决或缓和矛盾。按速度的快慢排列，它们是高速缓存 Cache、内存、_____。

　　9．Cache 是一种介于 CPU 和_____之间的可高速存取数据的存储器。

　　10．在计算机的外部设备中，除外存储器：硬盘、软盘、光盘和磁带机等外，最常用的输入设备有_____、_____，输出设备有_____、_____。

　　11．在微型机中，信息的基本存储单位是字节，每个字节内含_____个二进制位。

　　12．汉字以 24×24 点阵形式在屏幕上单色显示时，每个汉字占_____字节。

　　13．存储容量 1MB，可存储_____ K 个字节。

　　14．目前 USB2.0 规范可以提供的最大传输速率是_____ Mbps。

　　15．计算机系统由计算机硬件和软件两大部分组成，其中计算机软件又可分为_____和_____。

　　16．计算机软件是计算机系统中各种程序和相应文档资料的总称，软件的主体是_____。

　　17．CPU 内包含控制器和_____两部分。

　　18．任一种数制都有三个要素：数符、基数和_____。

19．计算机内部指令的编码形式都是_____编码。

20．在计算机系统中，任何外部设备必须通过_____才能实现主机和设备之间的信息交换。

21．二进制数中右起第 10 位上的 1 相当于 2 的_____次方。

22．冯·诺依曼体系结构的计算机都是以_____为特征的。

【参考答案】

1	信息	2	转换
3	加工	4	数字签名
5	数字化	6	CAD
7	主存、辅助存储器	8	外存
9	内存	10	键盘 鼠标、显示器 打印机
11	8	12	72
13	1024	14	480
15	系统软件、应用软件	16	程序
17	运算器	18	权值
19	二进制	20	接口
21	9	22	程序存储

基础知识 2　Windows 和 Office

一、单选题

1. 在 Windows XP 中，设置"共享级访问控制"时，以下_____不属于共享访问类型。
   A. 只读　　　　　　　B. 只写　　　　　　C. 根据密码访问　D. 完全

2. 在 Windows XP 中，以下关于文件夹名的命名规则正确的是：文件夹名_____。
   A. 不能有扩展名　　　　　　　　　　B. 必须符合 DOS 文件名
   C. 可以与同级目录中的文件同名　　　D. 长度最长可达 255 个字符

3. 在 Windows XP 中，回收站的作用是存放_____。
   A. 文件的碎片　　　B. 被删除的文件　　C. 已破坏的文件　D. 剪切的文本

4. 在"资源管理器"中，要显示文件的名称、类型、大小等信息，应选"查看"菜单
   _____命令。
   A. 缩略图　　　　　　B. 详细资料　　　　C. 图标　　　　　　D. 列表

5. 在 Windows XP 中，下列组合键与剪贴板操作有关的是_____。
   A. <Ctrl>+V　　　　B. <Ctrl>+N　　　　C. <Ctrl>+S　　　　D. <Ctrl>+A

6. 在 Windows XP 中右键单击某对象时，会弹出_____菜单。
   A. 控制　　　　　　　B. 快捷　　　　　　C. 应用程序　　　　D. 窗口

7. 在 Windows XP 的"开始"菜单中，为某应用程序添加一个菜单项，实际上就是_____。
   A. 在"开始"菜单所对应的文件夹中建立该应用程序的副本
   B. 在"开始"菜单所对应的文件夹中建立该应用程序的快捷方式
   C. 在桌面上建立该应用程序的副本
   D. 在桌面上建立该应用程序的快捷方式

8. 资源管理器窗口，要选定不连续的文件或文件夹，在单击前按下_____键。
   A. <Tab>　　　　　　B. <Shift>　　　　　C. <Alt>　　　　　　D. <Ctrl>

9. 当启动 Windows 时要自动启动某应用程序，可将该程序添加到_____文件夹中。
   A. 控制面板　　　　　B. 程序　　　　　　C. 文档　　　　　　D. 启动

10. 在 Windows XP 中，要进入当前对象的帮助对话框，可以按_____键。
    A. <F1>　　　　　　B. <F2>　　　　　　C. <F3>　　　　　　D. <F5>

11. 在 Word 中，执行"编辑"菜单中的"粘贴"命令后_____。
    A. "剪贴板"中的内容被清空　　　　B. "剪贴板"中的内容不变
    C. 选择的内容被粘贴到"剪贴板"中　D. 选择的内容被移动到"剪贴板"中

12. 在 Word 中，要在插入点处设置一个分页符，应使用"插入"菜单中的_____命令。
    A. 分隔符　　　　　　B. 页码　　　　　　C. 符号　　　　　　D. 对象

13. 以下 Word 的 4 个操作中，_____不能在"打印"对话框中设置。
    A. 打印页范围　　　B. 打印机选择　　　C. 页码位置　　　　D. 打印份数

14. 在 Word 的文件存盘操作中,"另存为"是指_____。

    A. 退出编辑,但不退出 Word,不能改变文件名和保存的位置

    B. 退出编辑,退出 Word 系统,不能改变文件名和保存的位置

    C. 不退出编辑,退出 Word 系统,可以改变文件名或保存位置

    D. 不退出编辑,可以改变文件名或保存位置

15. 在 Word 的"文件"菜单下部显示的文件名,所对应的是_____文件。

    A. 当前正被操作的　　　　　　　　B. 已打开的所有

    C. 最近被操作过的　　　　　　　　D. 扩展名是 DOC 的所有

16. 在 Word 中,有关表格的叙述,以下说法正确的是_____。

    A. 文本和表可以互相转化　　　　　B. 只能将文本转化为表格

    C. 文本和表不能互相转化　　　　　D. 只能将表格转化为文本

17. 如果要将 Word 文档保存为文本文件,应在另存为对话框的保存类型中选择_____。

    A. Word 文档　　　　B. 纯文本　　　　C. 文档模板　　　　D. 其他

18. 在 Excel 中,字符串连接符是_____。

    A. $　　　　　　　　B. @　　　　　　　C. %　　　　　　　D. &

19. 在 Excel 中,单元格区域"A1:B3"代表的单元格为_____。

    A. A1 A2 A3　　　　　　　　　　　B. B1 B2 B3

    C. A1 A2 A3 B1 B2 B3　　　　　　D. A1 B3

20. 在 Excel 中,若填入一列等比数列(单元格内容为常数而不是公式),可使用_____。

    A. "插入"菜单命令　　　　　　　　B. 填充序列对话框

    C. "工具"菜单命令　　　　　　　　D. 填充柄

21. 在 Excel 的常规显示格式下,要使某单元格显示 0.5,可用_____表达式。

    A. 3/6　　　　　B. "3/6"　　　　　C. =3/6　　　　　D. ="3/6"

22. 如果 Excel 某单元格显示为"###.###",这表示_____。

    A. 公式错误　　　B. 格式错误　　　C. 行高不够　　　D. 列宽不够

23. 要删除 Excel 中选定单元格中的批注,可以用_____。

    A. <Del>键　　　　　　　　　　　B. "编辑|删除"命令

    C. "编辑|清除|内容"命令　　　　　D. "编辑|清除|批注"命令

24. 在 Excel 中,若想输入当天日期,可以通过<Ctrl>+_____组合键快速完成。

    A. A　　　　　　　B. ;　　　　　C. <Shift>+A　　　D. <Shift>;

25. 用$D7 来引用工作表 D 列第 7 行的单元格,称为对单元格的_____。

    A. 绝对引用　　　B. 相对引用　　　C. 混合引用　　　D. 交叉引用

26. "幻灯片版式"菜单项所在的菜单是_____菜单。

    A. 编辑　　　　　B. 视图　　　　　C. 格式　　　　　D. 工具

27. PowerPoint 演示文稿设计模板的默认扩展名是_____。

    A. pot　　　　　　B. pft　　　　　　C. ppt　　　　　　D. prt

28. 要在切换幻灯片时添加声音,可以使用_____菜单的"幻灯片切换"命令。

    A. 编辑　　　　　B. 工具　　　　　C. 插入　　　　　D. 幻灯片放映

29. 幻灯片中文本框内的文字,设置项目符号应当采用_____命令。

    A. 工具|拼音　　　B. 插入|项目符号　　C. 格式|项目符号　D. 插入|符号

30. 采用"溶解"方式切换到下一张幻灯片，应使用"幻灯片放映"菜单中的_____命令。

    A．动作设置   B．幻灯片切换   C．预设动画   D．自定义动画

【参考答案】

1	B	2	D	3	B	4	B	5	A	6	B	7	B	8	D	9	D	10	A
11	B	12	A	13	C	14	D	15	C	16	A	17	B	18	D	19	C	20	B
21	C	22	D	23	D	24	B	25	C	26	C	27	A	28	D	29	B	30	B

二、多选题

1. 在 Windows XP 中，用户文件的属性包括下列_____类型。

    A．只读   B．存档   C．隐含   D．系统

2. 在 Windows XP 的下列操作中，能创建应用程序快捷方式的是_____。

    A．在目标位置单击鼠标右键   B．在对象上单击右键

    C．用鼠标右键拖曳对象   D．在目标位置单击鼠标左键

3. _____是 Windows XP 桌面上固有的图标。

    A．我的电脑   B．我的文档   C．Word   D．回收站

4. 利用"开始"菜单中的"搜索"命令可以查找_____。

    A．与用户联网的计算机   B．硬盘的生产日期

    C．文件夹   D．文件

5. 在 Word 中，使用"另存为"对话框，可以_____。

    A．改变文档的名称   B．改变文档的保存位置

    C．改变文档的大小   D．改变文档的类型

6. Excel 对单元格引用方式有_____。

    A．绝对引用   B．相对引用   C．混合引用   D．交叉引用

7. 关于工作表名称的叙述，错误的是_____。

    A．工作表不能与工作簿同名

    B．工作表可以没有名字

    C．同一工作簿同内不能有同名的工作表

    D．工作表名称的默认扩展名是.xls

8. 对于 PowerPoint，下列关于幻灯片版式的描述，正确的是_____。

    A．幻灯片应用模板选定后还可以改变

    B．幻灯片的大小（尺寸）能够调整

    C．在一篇演示文稿中只允许使用一种模板

    D．在一篇演示文稿中不同幻灯片的配色方案可以不同

【参考答案】

1	ABC	2	ABC	3	ABD	4	ACD	5	ABD	6	ABC	7	ABD	8	ABD

三、填空题

1．Windows XP 可以按不同的方式排列桌面图标，除了自动排列方式外，其他四种方式是按名称、按类型、按大小和按_____排列。

2．在 Windows 系统中，可以通过击_____键来复制屏幕的内容。

3．在 Windows 系统中，各个应用程序之间可通过_____交换信息。

4．在 Windows 系统中，很多可用来设置计算机各项系统参数的功能模块集中在_____上。

5．Windows 系统对磁盘信息进行管理和使用是以_____为单位的。

6．在"资源管理器"窗口中，用户如果要选择多个不相邻的图标，则先选中第一个，然后按住_____键，再选择其他要选择的文件图标。

7．在 Windows XP 资源管理器中删除文件时，如果在删除的同时按下_____键，文件即被永久性删除。

8．在 Windows 中，可以通过按_____键来复制当前窗口的内容。

9．在 Windows XP 操作中，用鼠标右击对象，则弹出针对该对象操作的一个_____。

10．在 Word 中，默认文档模板的文件名是_____。

11．在 Word 中，若要将选定的文本转换成表格，应选择菜单_____下的"转换/文本转换成表格"。

12．在 Word 中，要为文档创建不同的页眉或页脚，在需要使用新页眉的位置，执行"插入|分隔符"命令，在_____中选某一类型。

13．在 Excel 中，要求在使用分类汇总之前，先对关键字段进行_____。

14．在 Excel 中，若要对 A3 至 B7、D3 至 E7 两个矩形区域中的数据求平均数，并把所得结果置于 E8 中，则应在 E8 中输入公式_____。

15．在 Excel 中，已输入的数据清单含有字段：编号、姓名和工资，若希望只显示最高工资前 5 名的职工信息，可以使用_____功能。

16．在 Excel 中，默认情况下一个工作簿中有_____张工作表，最多可达 256 张。

17．如果要绝对引用 A1 单元格的值，则需要表示成_____。

18．在 PowerPoint 中，对整套幻灯片的外观一次性修改，可以通过修改_____进行。

19．要为幻灯片添加编号，应选择"视图"菜单下的_____命令。

20．在 PowerPoint 中，如果超链接指向另一个幻灯片，目标幻灯片将显示在_____中。

21．对 A1 单元格设定其数字格式为整数，当输入"66.66"时，显示为_____。

22．A5 的内容是"A5"，拖动填充柄至 C5，则 B5，C5 单元格的内容分别为_____。

【参考答案】

1	修改时间	2	Print Screen
3	剪贴板	4	控制面板
5	文件	6	Ctrl
7	Shift	8	Ctrl+PrintScreen
9	快捷菜单	10	Normal.dot
11	表格	12	分节符类型

（续表）

13	排序	14	=AVERAGE(A3:B7,D3:E7)
15	筛选	16	3
17	$A$1	18	母版
19	页眉和页脚	20	演示文稿
21	67	22	A6　A7

基础知识 3 多媒体基础

一、单选题

1. 在音频处理中，人耳所能听见的最高声频大约可设定为 22 kHz。所以，对音频的最高标准采样频率应取 22 kHz 的_____倍。
   A. 0.5　　　　　 B. 1　　　　　 C. 1.5　　　　　 D. 2

2. 立体声双声道采样频率为 44.1 kHz，量化位数为 8 位，一分钟这样的音乐所需要的存储量可按_____公式计算。
   A. 44.1×1 000×16×2×60 / 8 字节　　　 B. 44.1×1 000×8×2×60 / 16 字节
   C. 44.1×1 000×8×2×60 / 8 字节　　　　 D. 44.1×1 000×16×2×60 / 16 字节

3. 在当今数码系统中，主流采集卡的采样频率一般为_____。
   A. 44.1 kHz　　 B. 88.2 kHz　　 C. 20 kHz　　 D. 10 kHz

4. 一幅分辨率为 160×120 的图像，在分辨率为 640×480 的 VGA 显示器上的大小为该屏幕的_____。
   A. 十六分之一　　 B. 八分之一　　 C. 四分之一　　 D. 不确定

5. 用于视频影像和高保真声音的数据压缩标准是_____。
   A. MPEG　　　　 B. PEG　　　　 C. JPEG　　　　 D. jpg

6. 静态数字图像数据压缩标准是_____。
   A. MPEG　　　　 B. PEG　　　　 C. JPEG　　　　 D. jpg

7. 以下_____文件是视频影像文件格式。
   A. MPG　　　　 B. AVI　　　　 C. MID　　　　 D. gif

8. JPEG 格式是一种_____。
   A. 能以很高压缩比来保存图像而图像质量损失不多的有损压缩方式
   B. 不可选择压缩比例的有损压缩方式
   C. 有损压缩方式，支持 24 位真彩色以下的色彩
   D. 可缩放的动态图像压缩格式的有损压缩格式

9. 以下有关声音的说法正确的是_____。
   A. 数字化的声音是一个数据序列，在时间上是连续的
   B. 数字化的声音是一个数据序列，在时间上是离散的
   C. 模拟声音是一个数据序列，在时间上是连续的
   D. 模拟声音是一个数据序列，在时间上是离散的

10. 把压缩后的视频和音频信息放到媒体服务器上，让用户边下载边收看，这种技术称为流媒体技术，其技术基础是_____。
    A. 数据运算　　 B. 数据压缩　　 C. 数据存储　　 D. 数据传输

11. 以下_____不是计算机中使用的声音文件格式。

　　　　A．wav　　　　　　　B．MP3　　　　　　C．TI　　　　　　D．MID
12．MP3_____。
　　　　A．是具有最高的压缩比的图形文件的压缩标准
　　　　B．采用的是无损压缩技术
　　　　C．是目前很流行的音乐文件压缩格式
　　　　D．为具有最高的压缩比的视频文件的压缩标准
13．多媒体技术的主要技术特性有_____。
　　　　A．多样性、集成性、交互性、可扩充性　　　　　　　B．多样性、集成性
　　　　C．多样性、集成性、交互性　　　　　　　　　　　　D．多样性
14．用 8 位二进制数表示每个像素的颜色时，24 位真彩色能表示多达_____种颜色。
　　　　A．10 的 24 次方　　　B．2 的 24 次方　　　C．2 400　　　　D．8×24
15．以下对于声音的描述，正确的是_____。
　　　　A．声音是一种与时间有关的离散波形
　　　　B．利用计算机录音时，首先要对模拟声波进行编码
　　　　C．利用计算机录音时，首先要对模拟声波进行采样
　　　　D．数字声音的存储空间大小只与采样频率和量化位数有关
16．以下关于数据解码的叙述正确的是_____。
　　　　A．解码后的数据与原始数据一致称为不可逆编码方法
　　　　B．解码后的数据与原始数据不一致称为有损压缩编码
　　　　C．解码后的数据与原始数据不一致称为可逆编码方法
　　　　D．解码后的数据与原始数据不一致称为无损压缩编码
17．关于位图与矢量图，叙述错误的是_____。
　　　　A．位图图像比较适合表现含有大量细节的画面，并可直接、快速地显示在屏幕上
　　　　B．二维动画制作软件 Flash 以矢量图形作为其动画的基础
　　　　C．矢量图放大后不会出现马赛克现象
　　　　D．基于图像处理的软件 Photoshop 功能强大，可以用于处理矢量图形
18．以下的叙述正确的是_____。
　　　　A．位图是用一组指令集合来描述图形内容的
　　　　B．分辨率为 640×480，即垂直共有 640 个像素，水平有 480 个像素
　　　　C．表示图像的色彩位数越少，同样大小的图像所占的存储空间越小
　　　　D．色彩位图的质量仅由图像的分辨率决定
19．Windows 中的 WAV 文件，声音质量高，但_____。
　　　　A．参数编码复杂　　　B．参数多　　　　　　C．数据量小　　　　D．数据量大
20．有关 Windows 下标准格式 AVI 文件的叙述正确的是_____。
　　　　A．AVI 文件采用音频/视频交错视频无损压缩技术
　　　　B．将视频信息与音频信息混合交错地存储在同一文件中
　　　　C．较好地解决了音频信息与视频信息同步的问题
　　　　D．较好地解决了音频信息与视频信息异步的问题
21．以下有关过渡动画叙述正确的是_____。
　　　　A．中间的过渡帧由计算机通过首尾帧的特性及动画属性要求计算得到

B. 过渡动画是不需要建立动画过程的首尾两个关键帧的内容

C. 动画效果主要是依赖于人的视觉暂留特征而实现的

D. 当帧速率达到 12 fps 以上时，才能看到比较连续的视频动画

22. 图层是 Photoshop 中的一个基本功能，可以通过它控制各个图层的_____和图层色彩的混合模式。

　　A. 透明度　　　　　　B. 色阶　　　　　　C. 亮度　　　　　　D. 对比度

23. 图像序列中的两幅相邻图像，后一幅图像与前一幅图像之间有较大的相关，这是_____。

　　A. 空间冗余　　　　B. 时间冗余　　　　C. 信息冗余　　　　D. 视觉冗余

24. 在"录音机"窗口中，要提高放音质量，应用_____菜单中的命令。

　　A. 文件　　　　　　B. 效果　　　　　　C. 编辑　　　　　　D. 选项

25. 在 Flash 中，非矢量图形只能制作_____动画。

　　A. 动作动画　　　　B. 引导运动　　　　C. 形状补间　　　　D. 二维

26. MIDI 音乐合成器可分为_____。

　　A. 音轨合成器、复音合成器

　　B. FM 合成器、波表合成器

　　C. 音轨合成器、复音合成器、FM 合成器

　　D. 音轨合成器、复音合成器、FM 合成器、波表合成器

27. 不属于操作系统的多媒体功能的是_____。

　　A. 带有录音功能　　　　　　　　B. 虚拟内存功能

　　C. 资源管理功能　　　　　　　　D. 支持 DVD-ROM 驱动器

28. 以下有关 GIF 格式的叙述正确的是_____。

　　A. GIF 格式只能在 Photoshop 软件中打开作用

　　B. GIF 采用有损压缩方式

　　C. 压缩比例一般在 50%

　　D. GIF 格式最多能显示 24 位的色彩

29. 以下_____属于多媒体应用软件。

　　A. Authorware　　　B. CAI 软件　　　C. VC++　　　　D. FrontPage

30. _____是适合桌面出版印刷系统的图像格式，支持各压缩或不压缩编码方案。

　　A. TIF 格式　　　　B. GIF 格式　　　C. JPEG 格式　　　D. PSD 格式

【参考答案】

1	B	2	C	3	A	4	A	5	A	6	C	7	A	8	A	9	B	10	B
11	C	12	C	13	C	14	B	15	C	16	B	17	D	18	C	19	D	20	C
21	A	22	A	23	B	24	B	25	C	26	B	27	C	28	A	29	B	30	A

二、多选题

1. 以下_____类型的图像文件不具有动画功能。

A．jpg　　　　　　　B．BMP　　　　　　C．gif　　　　　　D．FIF

2．以下_____是扫描仪的主要性能指标。

A．分辨率　　　　　B．连拍速度　　　　C．色彩位数　　　　D．扫描速度

3．衡量数据压缩技术性能的重要指标是_____。

A．压缩比　　　　　B．算法复杂度　　　C．恢复效果　　　　D．标准化

4．扫描仪可在下面哪些应用中使用_____。

A．拍数字照片　　　B．图像输入　　　　C．光学字符识别　　D．图像处理

5．下列_____说法是正确的。

A．冗余压缩法不会减少信息量，可以原样恢复原始数据

B．冗余压缩法减少数据冗余，不能原样恢复原始数据

C．冗余压缩法是有损压缩

D．冗余压缩的压缩比一般都比较小

6．以下关于视频压缩的说法中，正确的是_____。

A．空间冗余编码属于帧内压缩

B．时间冗余编码属于帧内压缩

C．空间冗余编码属于帧间压缩

D．时间冗余编码属于帧间压缩

7．下列_____是视频捕捉卡支持的视频源。

A．放像机　　　　　B．摄像机　　　　　C．影碟机　　　　　D．CD-ROM

8．以下_____类型是声音文件格式。

A．MOV　　　　　　B．WAV　　　　　　C．WMA　　　　　　D．MP3

【参考答案】

1	AB	2	AC	3	ABC	4	BC	5	AD	6	AD	7	ABC	8	BCD

三、填空题

1．在计算机中表示一个圆时，用圆心和半径来表示，这种表示方法称为_____。

2．在扩展名 ovl、gif、bat 中，代表图像文件的扩展名是_____。

3．数据压缩算法可分为无损压缩和_____压缩两种。

4．_____是使多媒体计算机具有声音功能的主要接口部件。

5．_____是多媒体计算机获得影像处理功能的关键性的适配卡。

6．在 Windows 中，波形文件的扩展名是_____。

7．在计算机音频处理过程中，将采样得到的数据转换成一定的数值，以进行转换和存储的过程称为_____。

8．单位时间内的采样数称为_____频率，其单位是 Hz。

9．表示图像的色彩位数越多，则同样大小的图像所占的存储空间越_____。

10．使得计算机有"听懂"语音的能力，属于语音识别技术，使得计算机有"讲话"的能力，属于_____。

11. _____又称静态图像专家组，制定了一个面向连续色调、多级灰度、彩色和单色静止图像的压缩编码标准。

12. MP3 采用的压缩技术是有损与无损两类压缩技术中的_____技术。

13. GIF 格式是采用无损压缩的图像格式，最多支持_____种颜色，可构成简单动画。

14. 视频点播的英文简称为_____。

15. 色彩位数用 8 位二进制数表示每个像素的颜色时，能表示_____种不同的颜色。

16. 多媒体技术和超文本技术的结合，即形成了_____技术。

【参考答案】

1	矢量表示法	2	gif
3	有损	4	声卡
5	视频卡	6	.wav
7	数字化	8	采样
9	大	10	语音合成技术
11	JPEG	12	有损
13	256	14	VOD
15	256	16	超媒体

基础知识 4　计算机网络

一、单选题

1. 以单机为中心的通信系统共有_____类结构。
   A. 3　　　　　　　　B. 2　　　　　　　　C. 1　　　　　　　　D. 以上都不是
2. 计算机网络协议由_____部分组成。
   A. 2　　　　　　　　B. 3　　　　　　　　C. 4　　　　　　　　D. 5
3. BBS 是_____的缩写。
   A. 超文本标记语言　　　　　　　　B. 电子公告板
   C. 网络电话　　　　　　　　　　　D. 文件传输协议
4. 下面哪一个不是决定局域网特性的主要技术要素_____。
   A. 网络拓扑　　　　　　　　　　　B. 介质访问控制方法
   C. 传输介质　　　　　　　　　　　D. 网络应用
5. 下面不属于局域网网络拓扑的是_____。
   A. 总线网　　　　　　B. 星形　　　　　　C. 复杂型　　　　　D. 环形
6. 路由器的主要功能是_____。
   A. 收听其他路由表信息　　　　　　B. 广播自身路由表信息
   C. 路由选择　　　　　　　　　　　D. 通信管理
7. 在 IP V4 规范中，IP 地址的位数为_____位。
   A. 32　　　　　　　　B. 48　　　　　　　　C. 128　　　　　　　D. 64
8. 以下 IP 地址中，属于 B 类地址的是_____。
   A. 112.213.12.23　　B. 210.123.23.12　　C. 23.123.213.23　　D. 156.123.32.12
9. TCP/IP 是一种_____。
   A. 网络使用者　　　　　　　　　　B. 信息交换方式
   C. 网络作用范围　　　　　　　　　D. 网络体系结构
10. 对于单个建筑物内的低通信容量局域网，性能价格比最好的媒体是_____。
    A. 双绞线　　　　　　B. 同轴电缆　　　　C. 光缆　　　　　　D. 微波
11. 计算机网络中可以共享的资源包括_____。
    A. 硬件、软件、数据、通信信道　　B. 主机、外设、软件、通信信道
    C. 硬件、程序、数据、通信信道　　D. 主机、程序、数据、通信信道
12. 以一台计算机为中心处理机，以物理链路与其他入网设备相连的网络方式，称为_____。
    A. 总线网　　　　　　B. 星形网　　　　　C. 局域网　　　　　D. 环形网
13. 下列关于 ADSL 的叙述中，_____是不对的。
    A. ADSL 属于宽带接入技术　　　　B. 上行速率和下行速率不同

C. 不能使用普通电话线传送　　　　　　D. 使用时既可以上网，又可以打电话

14. 将本地计算机的文件传送到远程计算机上的过程称为_____。

    A. 下载　　　　　　B. 上传　　　　　　C. 登录　　　　　　D. 浏览

15. ADSL 的连接设备分为两端：用户端设备和服务提供端设备，其中用户端设备包括_____和 ADSL 调制解调器。

    A. 电话线　　　　　B. 网卡　　　　　　C. 网关　　　　　　D. 分离器

16. 在因特网域名中，com 通常表示_____。

    A. 商业组织　　　　B. 教育机构　　　　C. 政府部门　　　　D. 军事部门

17. OSI（开放系统互联）参考模型的最低层是_____。

    A. 物理层　　　　　B. 网络层　　　　　C. 传输层　　　　　D. 应用层

18. _____不属于数据交换的基本技术类型。

    A. 报文交换　　　　B. 分组交换　　　　C. 信息交换　　　　D. 线路交换

19. _____传输使用一条线路，逐个地传送所有的比特。

    A. 串行　　　　　　B. 并行　　　　　　C. 异步　　　　　　D. 同步

20. 数据从一台设备传输到另一台设备，如果每台设备既可以发送信息也可以接收信息，但发送和接收必须轮流进行，则这种通信称为_____。

    A. 单工　　　　　　B. 半双工　　　　　C. 双工　　　　　　D. 全双工

21. 计算机网络的基本功能是_____。

    A. 通信功能和共享功能　　　　　　　　B. 打印功能和通信功能

    C. 电子邮件和打印功能　　　　　　　　D. 通信功能和电子邮件功能

22. 下列设备中，属于通信介质的是_____。

    A. 计算机、双绞线、光纤、同轴电缆　　B. 双绞线、光纤、同轴电缆、微波

    C. 计算机、网卡、双绞线、光纤　　　　D. 双绞线、网卡、同轴电缆、光纤

23. 以下有关 Internet 的叙述中，正确的是_____。

    A. Internet 不属于某个国家或组织　　　B. Internet 属于美国

    C. Internet 属于国际红十字会　　　　　D. Internet 属于联合国

24. 文件传输协议的简称是_____。

    A. FPT　　　　　　B. FTP　　　　　　C. TCP　　　　　　D. TFP

25. 下面的 IP 地址中不正确的是_____。

    A. 202.12.87.15　　B. 159.128.23.15　　C. 16.2.3.8　　D. 126.256.33.78

26. 下列关于在 Internet 中的域名说法正确的是_____。

    A. 域名表示不同的地域　　　　　　　　B. Internet 上特定的主机

    C. Internet 上不同风格的网站　　　　　D. 域名都是自左向右越来越大

27. WWW 中的超文本是指_____。

    A. 包含图片的文档　　　　　　　　　　B. 包含多种文本的文档

    C. 包含链接的对象　　　　　　　　　　D. 包含动画的文档

28. 一座大楼内的一个计算机网络系统，属于_____。

    A. PAN　　　　　　B. LAN　　　　　　C. MAN　　　　　　D. WAN

29. Internet 上使用的最基本的两个协议是_____。

    A. TCP 和 Telnet　　B. TCP 和 IP　　　C. TCP 和 SMTP　　D. IP 和 Telnet

30．为进行网络中的数据交换而建立的规则、标准或约定称为_____。
　　A．网络拓扑结构　　B．网络协议　　　　C．网络体系结构　　D．网络系统

【参考答案】

1	A	2	B	3	A	4	D	5	C	6	C	7	A	8	D	9	D	10	A
11	A	12	C	13	C	14	B	15	D	16	A	17	A	18	C	19	A	20	B
21	A	22	B	23	A	24	B	25	D	26	B	27	C	28	B	29	B	30	C

二、多选题

1．按传输信号通路的媒体来区分，信道可分为_____。
　　A．有线信道　　　　B．物理信道　　　　C．无线信道　　　　D．逻辑信道
2．数据通信的主要技术指标有_____。
　　A．可靠性　　　　　B．传输速率　　　　C．传输容量　　　　D．差错率
3．"三网合一"通常是指_____的合并。
　　A．公用电话网　　　B．有线电视网　　　C．计算机网　　　　D．综合业务数字网
4．以下关于对等网的说法中正确的是_____。
　　A．对等网上的计算机无主从之分　　　　B．可以共享打印机资源
　　C．网上所有计算机资源都可以共享　　　D．对等网需要专门的服务器来支持网络
5．构成一个局域网所需的硬件主要有_____。
　　A．MODEM　　　　B．双绞线　　　　　C．网卡　　　　　　D．计算机
6．互联网的服务功能有_____。
　　A．远程登录　　　　B．文件传输　　　　C．WWW 服务　　　D．电子邮件
7．在一间房间里有若干台计算机，若组建以太网，则除了计算机外，还需要准备_____。
　　A．网卡　　　　　　B．双绞线　　　　　C．集线器　　　　　D．电话线
8．常见的网络拓扑结构包括_____。
　　A．总线形　　　　　B．网状形　　　　　C．环形　　　　　　D．星形

【参考答案】

1	AC	2	ABD	3	ABC	4	ABC	5	BCD	6	ABCD	7	ABC	8	ABCD

三、填空题

1．计算机技术和_____技术相结合形成了计算机网络。
2．数据信号需要通过某种通信线路来传输，这个传输信号的通路叫_____。
3．信号是数据在传输过程中的表示形式，其中模拟信号是连续变化的，而_____是分立离散的。
4．数据通信的主要技术指标有传输速率、差错率、可靠性和_____。微波通信的优点

是具有宽带特性，传输容量大；缺点是只能沿_____传播，受环境条件影响较大。

5．计算机网络的两大主要功能是_____和资源共享。

6．计算机网络可分成_____、城域网和_____三大类。

7．局域网的硬件核心是_____，在网络中常用的有线传输介质有_____、同轴电缆和_____三种。

8．OSI 将网络体系结构分为_____、链路层、网络层、传输层、会话层、表示层和_____。

9．计算机网络中的用户必须共同遵从的约定，称为_____。Internet 采用_____协议进行信息传送。

10．Internet 上的网络地址有两种表示形式：_____和_____。

11．电子邮件地址格式为_____。

12．Internet 网址中的 http 是指_____协议；FTP 是指_____协议，它的工作模式是_____模式。

13．路由器是在_____和介质之间实现网络互联的一种设备。

14．用户可以在上面发表文章或阅读文章，可以聊天交友的电子公告板简称_____。

15．在网址 http://sthu.edu.cn/ 中，sthu 表示_____。

16．IPv4 地址的二进制位数为_____位。

【参考答案】

1	通信	2	信道
3	数字信号	4	带宽　直线
5	通信	6	局域网　广域网
7	服务器　双绞线　光纤	8	物理层　应用层
9	协议　TCP/IP	10	IP 地址　域名
11	用户名@主机名	12	超文本传输　文件传输　客户/服务器
13	多个网络	14	BBS
15	主机	16	32

基础知识 5 网页设计

一、单选题

1. "常用"面板中的"图像"按钮，在_____区域中。
   A. 插入面板　　　　B. 属性面板　　　　C. 面板组　　　　D. 菜单栏
2. _____在面板组中。
   A. CSS　　　　　　B. 文件　　　　　　C. 属性面板　　　D. 框架
3. 在表单中允许用户从一组选项中选择多个选项的表单对象是_____。
   A. 单选按钮　　　　B. 列表/菜单　　　　C. 复选框　　　　D. 单选按钮组
4. 超级链接主要可以分为文本链接、图像链接和_____。
   A. 锚链接　　　　　B. 瞄链接　　　　　C. 卯链接　　　　D. 瑁链接
5. CSS 表示_____。
   A. 层　　　　　　　B. 行为　　　　　　C. 样式表　　　　D. 时间线
6. 能够设置成口令域的_____。
   A. 只有单行文本域　　　　　　　　　　B. 只有多行文本域
   C. 是单行、多行文本域　　　　　　　　D. 是多行文本标志
7. 为了标志一个 HTML 文件应该使用的 HTML 标记是_____。
   A. <p></P>　　　B. <body></body>　　C. <html></html>　　D. <table></table>
8. 超级链接是一种_____的关系。
   A. 一对一　　　　　B. 一对多　　　　　C. 多对一　　　　D. 多对多
9. 在下面的描述中，不适合于 JavaScript 的是_____。
   A. 基于对象的　　　B. 基于事件的　　　C. 跨平台的　　　D. 编译的
10. _____技术把网页中的所有页面元素看成是对象，能让所有页面元素对事件做出响应。
    A. HTML　　　　　B. CSS　　　　　　C. DOM　　　　　D. XML
11. HTML 代码<img src="name">表示_____。
    A. 添加一个图像　　　　　　　　　　　B. 排列对齐一个图像
    C. 设置围绕一个图像的边框的大小　　　D. 加入一条水平线
12. Dreamweaver 的文本菜单中，Style→Underline 表示_____。
    A. 从字体列表中添加或删除字体　　　　B. 将选定文本变为粗体
    C. 将选定文本变为斜体　　　　　　　　D. 在选定文本上加下划线
13. <frameset cols=#>是用来指定_____。
    A. 混合分框　　　　B. 纵向分框　　　　C. 横向分框　　　　D. 任意分框
14. Dreamweaver 的插入菜单中，Table 表示_____。
    A. 打开插入图像对话框　　　　　　　　B. 打开创建表格的对话框

　　C．插入与当前表格等宽的水平线　　　　D．插入一个有预设尺寸的层

15．单击_____可以选中表单虚线框。

　　A．\<table\>　　　　B．\<td\>　　　　C．\<img\>　　　　D．\<form\>

16．在HTML标记中，用于表示文件开头的标记是_____。

　　A．\<HTML\>　　　　B．\<TITLE\>　　　　C．\<HEAD\>　　　　D．\<FORM\>

17．下列哪种元素不能插入层中_____。

　　A．表单及表单对象　　　　　　　　　B．框架

　　C．表格　　　　　　　　　　　　　　D．层

18．关于CSS和HTML样式的不同之处，说法正确的是_____。

　　A．HTML样式只影响应用它的文本和使用所选HTML样式创建的文本

　　B．CSS只可以设置文字字体样式

　　C．HTML样式可以设置背景样式

　　D．HTML样式和CSS相同，没有区别

19．在Dreamweaver中，下面关于定义站点的说法错误的是_____。

　　A．首先定义新站点，打开站点定义设置窗口

　　B．在站点定义设置窗口的站点名称中填写网站的名称

　　C．在站点设置窗口中，可以设置本地网站的保存路径，但不可以设置图片的保存路径

　　D．本地站点的定义比较简单，基本上选择好目录即可

20．下列关于行为的说法中不正确的是_____。

　　A．行为即是事件，事件就是行为

　　B．行为是事件和动作的组合

　　C．行为是Dreamweaver预置的JavaScript程序库

　　D．使用过行为可以改变对象属性、打开浏览器和播放音乐等

【参考答案】

1	A	2	A	3	C	4	A	5	C	6	A	7	C	8	C	9	D	10	C
11	A	12	D	13	C	14	B	15	D	16	C	17	B	18	A	19	C	20	A

二、多选题

1．一般来说，适合使用信息发布式网站模式的题材有_____。

　　A．软件下载　　　B．新闻发布　　　C．个人简介　　　D．音乐下载

2．表单包括两个部分，下列选项中属于表单组成部分的是_____。

　　A．表单　　　　B．表单对象　　　C．表单域　　　D．以上都对

3．在Dreamweaver中，需要_____、_____和_____ 3个参数来加入一个Shockwave影片。

　　A．位置　　　　B．高度　　　C．宽度　　　D．长度

4．下面属于JavaScript对象的有_____。

A．Window　　　　B．document　　　　C．form　　　　D．String

5．通常，网站和浏览者交互采用的方法有_____。

A．聊天室　　　　B．论坛　　　　C．留言板　　　　D．信息看板

6．下列关于选择框架的说法中正确的是_____。

A．在"文档"窗口的"设计"视图中，按住 Alt 键的同时单击一个框架

B．在"框架"面板中单击框架

C．通过移动方向键，可选择不同的框架

D．通过移动方向键，可选择不同的框架

7．选择一个层，下面可行的操作是_____。

A．在层面板中单击该层的名称

B．单击一个层的选择柄

C．在设计视图中单击层代码标记

D．按下<Shift>键和<Tab>键可选择一个层

8．文本的属性可以通过_____来设置。

A．属性面板　　　B．控制面板　　　C．启动面板　　　D．文本菜单

【参考答案】

1	ABD	2	AB	3	AB C	4	ABCD	5	ABC	6	ABC	7	ABC	8	AD

三、填空题

1．超文本标记语言的简称是_____。

2．Dreamweaver 中，"文档"窗口中切换视图为：显示代码视图、显示设计视图、_____。

3．如果一次打开了多个文档，可以采用_____或平铺方式放置这些文档。

4．在"布局"模式中，可以在添加内容前使用_____和表格来对页面进行布局。

5．在布局表格中绘制布局单元格时会出现一条明亮的_____。

6．Dreamweaver 中共有_____种类型的模板区域。

7．Web 服务器是响应来自 Web 浏览器的请求以提供 Web 页的_____。

8．导入和导出站点是通过选择_____菜单项实现的。

9．用"站点定义"对话框中的"高级"设置来设置 Dreamweaver 站点。可以根据需要分别设置本地、_____文件夹。

10．Dreamweaver 可帮助用户组织和管理_____。

11．静态网页文件的扩展名是_____。

12．网页按其表现形式可分为_____和_____两种。

13．将制作好的网页上传到网上的过程即是_____。

14．选择"插入|媒体"下的_____菜单命令可以插入 Flash 按钮。

15．选择_____菜单命令，可以在页面中插入表单。

16．Cascading Style Sheets 的缩写是_____，全称为_____。

【参考答案】

1	HTM L	2	显示拆分视图
3	层叠	4	布局单元格
5	网格线	6	四
7	软件	8	站点/管理站点
9	默认图像	10	站点
11	HTM 或 HTM L	12	静态网页 动态网页
13	发布	14	Flash 按钮
15	插入→表单→表单	16	CSS 层叠样式表

基础知识6　数据库技术基础

一、单选题

1. 不能进行索引的字段类型是_____。
   A. 备注　　　　　　B. 数值　　　　　　C. 字符　　　　　　D. 日期
2. 如果在创建表中建立字段"时间"，其数据类型应当是_____。
   A. 文本　　　　　　B. 数字　　　　　　C. 日期　　　　　　D. 备注
3. 定义字段的默认值是指_____。
   A. 不得使字段为空
   B. 不允许字段的值超出某个范围
   C. 在未输入数值之前，系统自动提供数值
   D. 系统自动把小写字母转换为大写字母
4. 若要用设计视图创建一个查询，查找总分在 255 分以上（包括 255 分）的女同学的姓名、性别和总分，正确的设置查询准则的方法应为_____。
   A. 在准则单元格输入：总分>=255　　　AND　　　性别="女"
   B. 在总分准则单元格输入：总分>=255；在性别的准则单元格输入："女"
   C. 在总分准则单元格输入：>=255；在性别的准则单元格输入："女"
   D. 在准则单元格输入：总分>=255　　　OR　　　性别="女"
5. 在 Access 中，将"名单表"中的"姓名"与"工资标准表"中的"姓名"建立关系，且两个表中的记录都是唯一的，则这两个表之间的关系是_____。
   A. 一对一　　　　　B. 一对多　　　　　C. 多对一　　　　　D. 多对多
6. Access 在同一时间，可打开_____个数据库。
   A. 1　　　　　　　B. 2　　　　　　　C. 3　　　　　　　D. 4
7. 条件中"性别='女'and 工资额>2 000"的意思是_____。
   A. 性别为女并且工资额大于 2 000 的记录
   B. 性别为女或者且工资额大于 2 000 的记录
   C. 性别为女并非工资额大于 2 000 的记录
   D. 性别为女或者工资额大于 2 000，且二者选一的记录
8. 下面对数据表的叙述有错误的是_____。
   A. 数据表是 Access 数据库中的重要对象之一
   B. 表的设计视图的主要工作是设计表的结构
   C. 表的数据视图只用于显示数据
   D. 可以将其他数据库的表导入当前数据库中
9. Access 数据库的类型是_____。
   A. 层次数据库　　　　　　　　　　　　B. 网状数据库

　　C．关系数据库　　　　　　　　　　　　D．面向对象数据库

10．将表中的字段定义为_____，其作用是使字段中的每一个记录都必须是唯一的以便于索引。

　　A．索引　　　　　　　B．主键　　　　　　C．必填字段　　　　D．有效性规则

11．条件"性别='女'Or 工资额>2 000"的意思是_____。

　　A．性别为女并且工资额大于 2 000 的记录

　　B．性别为女或者工资额大于 2 000 的记录

　　C．性别为女并非工资额大于 2 000 的记录

　　D．性别为女或者工资额大于 2 000，且二者择一的记录

12．以下叙述中，正确的是_____。

　　A．Access 只能使用菜单或对话框创建数据库应用系统

　　B．Access 不具备程序设计能力

　　C．Access 只具备了模块化程序设计能力

　　D．Access 具有面向对象的程序设计能力，并能创建复杂的数据库应用系统

13．建立一基于"学生表"的查询，要查找"出生日期"在 05/06/1982 和 06/06/1985 间的学生，在"出生日期"对应列的"条件"文本框中应输入表达式_____。

　　A．between 05/06/1982 and 06/06/1985

　　B．between #05/06/1982# or #06/06/1985#

　　C．between 05/06/1982 or 1985

　　D．between #05/06/1982# and #06/06/1985#

14．内部计算函数"Avg"的意思是求所在字段内所有的值的_____。

　　A．和　　　　　　　　B．平均值　　　　　C．最小值　　　　　D．第一个值

15．若上调产品价格，最方便的方法是使用_____查询。

　　A．追加查询　　　　　B．更新查询　　　　C．删除查询　　　　D．生成表查询

16．假设数据库中表 A 与表 B 建立了"一对多"关系，表 B 为"多"方，则下述说法正确的是_____。

　　A．表 A 中的一个记录能与表 B 中的多个记录匹配

　　B．表 B 中的一个记录能与表 A 中的多个记录匹配

　　C．表 A 中的一个字段能与表 B 中的多个字段匹配

　　D．表 B 中的一个字段能与表 A 中的多个字段匹配

17．数据表中的"行"称为_____。

　　A．字段　　　　　　　B．数据　　　　　　C．记录　　　　　　D．数据视图

18．数据库是_____。

　　A．以一定的组织结构保存在辅助存储器中的数据的集合

　　B．一些数据的集合

　　C．辅助存储器上的一个文件

　　D．磁盘上的一个数据文件

19．打开 Access 数据库时，应打开扩展名为_____的文件。

　　A．mda　　　　　　　B．mdb　　　　　　C．mde　　　　　　D．DBF

20．以下关于查询的叙述正确的是_____。

A. 只能根据数据表创建查询

B. 只能根据已建查询创建查询

C. 可以根据数据表和已建查询创建查询

D. 不能根据已建查询创建查询

【参考答案】

1	A	2	C	3	C	4	C	5	A	6	A	7	A	8	C	9	C	10	B
11	B	12	D	13	D	14	B	15	B	16	A	17	C	18	A	19	B	20	C

二、多选题

1. 查看工资表中实发工资为 2 000 元（除 2 000 元）至 4 000 元（除 4 000 元）的人员记录，表达式为_____。

A. 实发工资>2 000 OR 实发工资<2 000

B. 实发工资>2 000 AND 实发工资<4 000

C. 实发工资>=2 000 AND 实发工资=<4 000

D. 实发工资（Between 2 000 and 4 000）

2. 下面说法不正确的是_____。

A. 计算函数 COUNT 的作用是统计记录的个数

B. 文本字段，最长为 200 个字符

C. 数字字段，最大存储空间为 8 个字节

D. 计算函数 Expression 的作用是选择所在字段的最后一个值

3. 筛选图书编号是 "001" ～ "601" 的记录，不可以用_____。

A. 工具栏中的筛选功能　　　　　B. 表中的隐藏字段的功能

C. 在查询的"准则"中输入公式　　D. 表中的冻结字段的功能

4. 在数据表视图中，可以_____。

A. 修改字段的类型　　　　　　　B. 修改字段的名称

C. 删除一个字段　　　　　　　　D. 删除一条记录

5. 在数据表设计视图中，不可以_____。

A. 修改一条记录　　　　　　　　B. 修改字段的名称

C. 删除一个字段　　　　　　　　D. 删除一条记录

6. 在编辑关系对话框中选中 "实施参照完整性" 和 "级联更新相关字段"、"级联删除相关字段" 复选框。下面说法正确的是_____。

A. 当在删除主表中主关键字段的内容时，同步更新关系表中相关的内容

B. 当在更新主表中主关键字段的内容时，同步更新关系表中相关的内容

C. 主表中主关键字段 "字段 1" 中如果没有 "ABC" 这个数据，在关系表中的 "字段 1" 中也不允许输入 "ABC" 这个数据

D. 不需要设置 "实施参照完整性"，就可以设置 "一对多" 等关系的类型

7. 如果要修改表中的数据，可采用下面哪种方式_____。

A．选择查询　　　　　　　　　　　B．操作查询

C．表对象中的设计视图　　　　　　D．表对象中的数据视图

8．查看工资表中长安商品公司实发工资为 2 000 元以上（除 2 000 元）人员的记录，表达式为＿＿＿＿＿。

A．部门="长安商品公司" AND 实发工资>2 000

B．部门="长安商品公司" AND 实发工资>=2 000

C．部门=长安商品公司 AND 实发工资>=2 000

D．实发工资>2 000 AND 部门="长安商品公司"

【参考答案】

1	BD	2	BD	3	BD	4	BCD	5	AD	6	ABC	7	BD	8	AD

三、填空题

1．改变窗体的外观或调整窗体上控件的布局，必须在＿＿＿＿＿＿视图中进行。

2．如果在表中找不到任何没有重复值的字段，则可以设置一个＿＿＿＿＿字段作为表的主键。

3．存放身份证号码的字段最好采用＿＿＿＿＿＿数据类型。

4．一个窗体最多可由＿＿＿＿＿＿部分组成。

5．若"姓名"和"地址"是表中的字段名，表达式：姓名 Like "王*" And 住址 Like "北京*" 表示＿＿＿＿＿＿意思。

6．在设计表时，"索引"属性有 3 个取值：无索引、有索引（有重复）和＿＿＿＿＿＿。

7．Access 数据库可包含的七类对象是表、＿＿＿＿＿、＿＿＿＿＿、＿＿＿＿＿、＿＿＿＿＿、＿＿＿＿＿、＿＿＿＿＿。

8．"窗体"视图是最终展现在用户面前的＿＿＿＿＿＿。

9．在关系数据库中，唯一标志一条记录的这个字段称为＿＿＿＿＿＿。

10．关系中的行称为＿＿＿＿＿＿，列称为＿＿＿＿＿＿。

11．如果在创建表中建立字段"姓名"，其数据类型应当是＿＿＿＿＿＿。

12．查询的三种视图分别是：设计视图、＿＿＿＿＿＿视图和＿＿＿＿＿＿视图。

13．使用"自动创建窗体"功能可以快速创建基于单表或查询的窗体，要想创建基于多表的窗体，可以使用＿＿＿＿＿＿或在＿＿＿＿＿＿视图中进行。

14．获取外部数据只在 Access 中使用，应该采取＿＿＿＿＿＿方式创建表。

15．Access 数据库对应操作系统中的＿＿＿＿＿＿个文件，文件扩展名是＿＿＿＿＿＿。

16．空数据库是指不含任何＿＿＿＿＿＿的数据库。

【参考答案】

1	设计	2	自动编号
3	文本	4	5
5	姓王并且住在北京的	6	有索引（无重复）
7	查询　窗体　报表　页　宏　模块	8	操作界面

（续表）

9	主关键字	10	记录　字段
11	文本类型	12	数据表　　SQL
13	窗体向导　　设计	14	导入
15	1　　.mdb	16	对象

四、判断题

1. 向表中输入数据时，按<Shift>键可以将插入点移到下一个字段。　　　（　　）
2. "查询不能生成新的数据表"的叙述是错误的。　　　　　　　　　　（　　）
3. Access 具有面向对象的程序设计能力，并能创建复杂的数据库应用系统。（　　）
4. 在查询设计器中不想显示选定的字段内容则将该字段的"显示"项取消。（　　）
5. 报表中的数据是不能作为数据访问页的数据源的。　　　　　　　　（　　）
6. 定义字段的默认值是指在未输入数值之前，系统自动提供数值。　　（　　）
7. 在窗体的设计视图中，筛选操作是不可以使用的。　　　　　　　　（　　）
8. 打开 Access 数据库时，应打开扩展名为.DBF 的文件。　　　　　　（　　）
9. 报表的数据来源可以是表或查询中的数据。　　　　　　　　　　　（　　）
10. 将表中的字段定义为"主键"，其作用是使字段中的每一个记录都必须是唯一的以便于索引。　　　　　　　　　　　　　　　　　　　　　　　　　　（　　）
11. 筛选的结果是滤除满足条件的记录。　　　　　　　　　　　　　　（　　）
12. 二维表由行和列组成，每一行表示关系的一个记录。　　　　　　（　　）
13. Access 表中字段的数据类型包括"通用"。　　　　　　　　　　　（　　）
14. 在 SQL 查询中，使用 WHILE 子句指出的是"查询目标"。　　　　（　　）
15. 交叉表查询显示来源于表中某个字段的总结值，并将它们分组，一组列在数据表的左侧，一组列在数据表的上部。　　　　　　　　　　　　　　　　　（　　）
16. 只能根据数据表创建查询。　　　　　　　　　　　　　　　　　　（　　）
17. 从一个外部 Access 数据库中导入的表，在导入后就可以和自身创建的表一样进行任何操作了，没有任何区别。　　　　　　　　　　　　　　　　　　　（　　）
18. 在 Access 数据库中，对数据表进行删除的是选择查询。　　　　　（　　）
19. 向导不是 Access 数据库的对象类型。　　　　　　　　　　　　　（　　）
20. 用表"学生名单"创建新表"学生名单2"，所使用的查询方式是生成表查询。
　　　　　　　　　　　　　　　　　　　　　　　　　　　　　　　（　　）

【参考答案】

1	F	2	T	3	T	4	T	5	T	6	T	7	T	8	F	9	T	10	T
11	F	12	T	13	F	14	F	15	T	16	F	17	T	18	F	19	T	20	T

附　录

模　拟　卷

一、Windows 操作

1．将 C:中的字节数最多为 10 K、包含“记事本”文字的第一个文本文件，复制到 C:\KS 下，并改名为 NOTE.txt。

2．在 C:\KS 下建立名为 DOWNLOAD 的快捷方式，该快捷方式指向 C:\DOWNLOADS。

安装默认打印机 HP Deskjet 1200C，要求质量设置为最佳，送纸器选择为手动送纸，横向打印，并将测试页打印到 C:\KS\HP.PRN。

3．在 C:\KS 下建立名为 A_S 的快捷方式，该快捷方式指向 FREECELL.EXE 应用程序。

二、Office 操作

1．Excel 操作

打开 C:\KS 文件夹中 Excel.xls，如图 1 所示，按下列要求操作，并将结果以原文件名保存（试题样张中的“###.##”表示要求考生所求的数据，并提示要求保留的小数位数）。

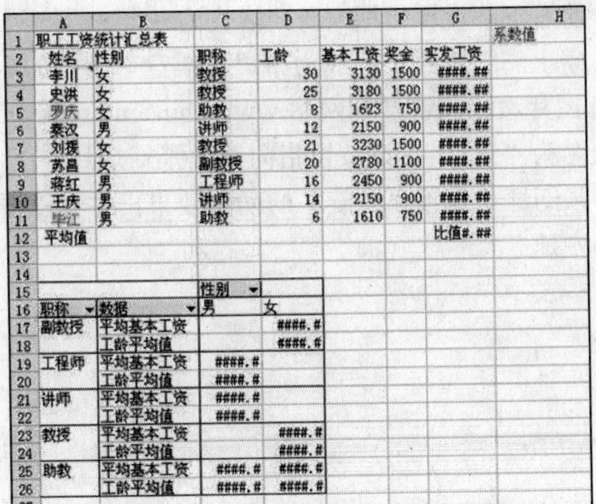

	A	B	C	D	E	F	G	H
1	职工工资统计汇总表							系数值
2	姓名	性别	职称	工龄	基本工资	奖金	实发工资	
3	李川	女	教授	30	3130	1500	####.##	
4	史洪	女	教授	25	3180	1500	####.##	
5	罗庆	女	助教	8	1623	750	####.##	
6	秦汉	男	讲师	12	2150	900	####.##	
7	刘援	女	教授	21	3230	1500	####.##	
8	苏昌	女	副教授	20	2780	1100	####.##	
9	蒋红	男	工程师	16	2450	900	####.##	
10	王庆	男	讲师	14	2150	900	####.##	
11	毕江	男	助教	6	1610	750	####.##	
12	平均值						比值#.##	
13								
14								
15			性别					
16	职称	数据	男	女				
17	副教授	平均基本工资		####.#				
18		工龄平均值		####.#				
19	工程师	平均基本工资	####.#					
20		工龄平均值	####.#					
21	讲师	平均基本工资	####.#					
22		工龄平均值	####.#					
23	教授	平均基本工资		####.#				
24		工龄平均值		####.#				
25	助教	平均基本工资	####.#	####.#				
26		工龄平均值	####.#	####.#				
27								

图 1

（1）在 Sheet7 中给职工李川加上批注：2009 年 3 月退休。取消所有隐藏的行。

（2）计算 Sheet7 中的“实发工资”：“实发工资”=“基本工资”+“奖金”+“工龄”×“系数值”（在 H1 中）。

（3）在 Sheet7 中，利用条件格式将"基本工资"小于 2 500 的姓名设为粉红色。

（4）在 Sheet7 表的 G12 中，计算最高实发工资与最小实发工资的比值，并在所求出的数据前加上"比值"。

（5）利用 Sheet7 的数据按样张在 A15 开始的区域生成数据透视表。

2．PowerPoint 操作

打开 C:\KS 下的 Power.ppt 文件，按要求操作，效果如图 2 所示，并将结果以原名保存在 C:\KS 文件夹中。

图 2

（1）将第 1 张幻灯片标题"天更蓝、地更绿、…"改为艺术字，艺术字式样选择 4 行 4 列的式样、华文行楷、字号为 54；并设置第一张幻灯片主体文本左边距 2.25 厘米，浅绿色背景，行距为 1.2 行。

（2）在所有幻灯片的右下部设置日期，日期格式为××年××月××日，要求能自动更新，并在所有幻灯片上添加 6 磅上、下框线，框线为带"大棋盘"图案的绿色线条。

（3）第 3 张幻灯片图片设置超链接到网站 www.chinaenvironment.com，并在幻灯片左下方添加动作按钮，按钮名为"返回"，该按钮指向第 1 张幻灯片。

（4）对第 1、第 2 张幻灯片设置"回旋"的动画效果，并且以每页显示 5 秒时间的"圆形"效果切换，速度为中速。

三、多媒体操作

1．Photoshop 操作

（1）新建大小为 640×480 像素、背景色为#B7804A 的图像文件，将 C:\KS 文件夹下的 Fxxq1.jpg 和 Fxxq2.jpg 中相应部分复制到新建图像文件中；设置选区羽化为 10 像素，并输入文字，字体格式：华文琥珀、黄色、48 点，将文字层设置为"斜面和浮雕（样式：枕状浮雕）"图层样式，图片最终效果如图 3 所示，结果以 Photo1.jpg 为文件名保存在 C:\KS 下。

（2）打开图像文件：Pict1.jpg、Pict2.jpg 和 Pict3.jpg，利用选择工具、仿制图章工具等进行编辑，并制作亮度为 150% 的镜头光晕滤镜效果，图片最终效果如图 4 所示，结果以 Photo2. jpg 为文件名保存在 C:\KS 下。

图 3

图 4

2．Flash 动画制作

（1）打开 Flash.fla，按下列要求制作动画，如图 5 所示，效果参见样例 1，并以 dh1.swf 为文件名导出影片到 C:\KS 下。

① 设置文档背景设为 #003399；亮度为 -70%，调整房子图形至适当大小（如样例 1 所示）。

② 利用"星星"图形，制作影片元件，由大变小再变大，并旋转 45°，影片总长 30 帧。影片元件置于样例所示的场景位置。

③ 从第 5 帧起，设置文字"灯光"动画，体字：华文行楷、大小 55 磅、颜色 #00ccff;

④ 文字"闪闪"从第 10 帧起，由大变小再变大，变小时，透明度设置为 50%，动画效果如样例 1 所示。

图 5

图 6

（2）使用动画素材文件夹中的图片，按下列要求制作动画，如图 6 所示，效果参见样例 2，并以 dh2.swf 为文件名导出影片到 C:\KS 下。注意添加并选择合适图层，动画总长 30 帧。

① 将文档大小调整为 500×350 像素，背景设为 #ffffcc。

② 图片 flower.jpg 大小调整为 600×400 像素，使其在 1～30 帧之间产生顺时针转动。

③ 使用镜框图片，在其中出现如样例 2 所示的动画效果。

④ 输入文字"镜中花"，华文行楷，大小为 66，文字颜色的改变、文字的动画效果如样例 2 所示，文字的前 5 帧及最后 5 帧保持静止。

四、网页制作

设置 C:\KS 文件夹为站点，按下列要求在站点中编辑并修改网页。

（1）参见图 2 所示样张，利用 2 行 3 列的表格建立网页 index.htm，网页的背景为 bj3.jpg；表格第一行单元格合并后插入图片 sl_bnd.gif。

图 7

（2）在图片 sl_bnd.gif 的"科学石林"左插入图片（"旅游动态"）t1.gif，并设置"显示弹出菜单"行为。

① 弹出内容：石林景区（单击，超链接到 syzj.jpg）、黑松岩景区（超链接到 phs.jpg）及长湖景区。

② 大小为 12 的宋体，一般状态下文本蓝色、单元格灰色，滑过状态下文本白色、单元格蓝色。

（3）在第 2 行的第 1 列中插入宽度为 350 的 4 行 1 列的表格，设置表格有关属性；按样张填入文本，素材见"石林.doc"，设置有关单元格格式，达到标题白字红底效果，并在文字下方插入高 3 像素的蓝色水平线。

（4）在水平线下方按样张依次插入 Flash 按钮和 Flash 文本：

① Flash 按钮：按钮文字为大小 24、华文琥珀的"旅游导航"，选用"Blue Warper"样式。

② Flash 文本：文字为大小 24、华文新魏的"自助旅游"，颜色为红色，轮滚颜色为蓝色。

（5）在第 2 行的 2 列插入"比例"为"严格匹配"的动画 shilin.swf，高 380、宽 210；第 2 行的第 3 列插入图片 sl.gif。

五、Access 操作

打开 C:\KS 下的 Exercise.mdb 文件，按要求操作步骤。

1. 基本操作

（1）新建一个名称为"部分教师教育背景表"的表，要求结构与"教师教育背景表"结构相同，设置"教师编号"为主键。

（2）将"教师教育背景表"表中专业为化学和生物的记录复制到"部分教师教育背景表"表中。

（3）设置"学生成绩表"表中按"语文"字段"降序"、"数学"字段"降序"、"英语"字段"降序"排序。

（4）建立一个名为"q1"的查询，查找出"学历"为"硕士"的记录，数据来源于"教师教育背景表"表。

2. 简单操作

（1）建立一个名为"q2"的追加查询，具体要求如下：

① 数据来源于"教师教育背景表"表；

② 对"教师教育背景表"表中学历为硕士的教师的信息追加到名为"部分教师教育背景表"的表中。

（2）建立一个名为"q3"的查询，具体要求如下：

① 数据来源于"学生编号表""学生成绩表"表；

② 显示"姓名"、"年级"、"信息科技"、"语文"、"数学"、"外语"、"三门平均分"字段；

③ 信息科技成绩大于90分，"降序"排列；三门平均分为语文、数学、外语的平均分。